根

以讀者爲其根本

莖

用生活來做支撐

葉

引發思考或功用

獲取效益或趣味

親子互動嬉遊書2

古文笑話超有趣

芳芳 著

親子互動嬉遊書❷古文笑話超有趣

作　　者：芳芳
出 版 者：葉子出版股份有限公司
發 行 人：宋宏智
企劃主編：萬麗慧
行銷企劃：汪君瑜
文字編輯：陳玟如
封面、內頁繪圖：巨匠工作室 鄭淑慧
美術設計：蔣文欣
印　　務：許鈞棋
專案行銷：吳明潤、林欣穎、吳惠娟、許鈞棋
登 記 證：局版北市業字第677號
地　　址：台北市新生南路三段88號7樓之3
電　　話：(02)2366-0309　　傳真：(02)2366-0313
讀者服務信箱：service@ycrc.com.tw
網　　址：http://www.ycrc.com.tw
郵撥帳號：19735365　　戶名：葉忠賢
印　　刷：上海印刷廠股份有限公司
法律顧問：北辰著作權事務所　蕭雄淋律師
初版一刷：2005年4月　　新台幣：300元
ISBN：986-7609-57-3

國家圖書館出版品預行編目資料

親子互動嬉遊書2--古文笑話超有趣 / 芳芳著. --
初版. -- 臺北市：葉子, 2005[民94]
面：公分
ISBN 986-7609-57-3(平裝)

856.8　　94002174

總 經 銷：揚智文化事業股份有限公司
地　　址：台北市新生南路三段88號5樓之6
電　　話：(02)2366-0309
傳　　真：(02)2366-0310

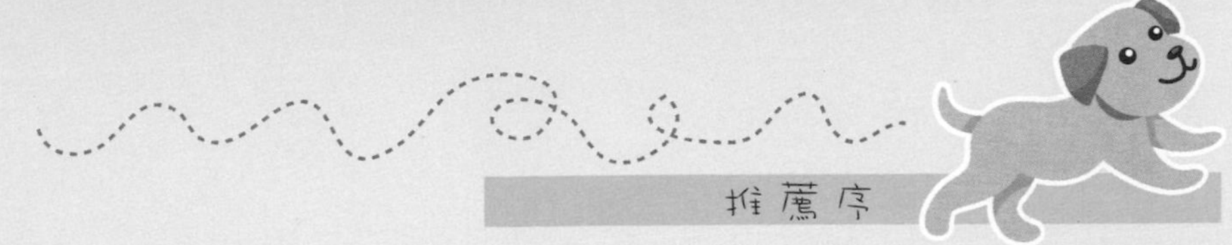

歷久彌香的文化

我服務精神醫療界多年，本著「生物的、心理的、社會的」醫療模式，在如今藥物治療為主流的時代，我基於後天失明的特殊身分，除了一般的診斷與開藥之外，更特別花時間於心理治療的領域。感覺醫療與教育之間似乎是下游與上游的關係，如果能夠同時整治的話，那麼，我們生命的這條河，將會徹底的澄清，而且綿延流長。

有機會利用例假日擔任小朋友們「讀經善行」的德育志工，有著與目前社會的「速食文化」截然不同的感受。

那是細嚼慢嚥而歷久彌香的文化，看著小朋友們在讀經配合善行與環保的薰息中，以及戶外大自然有機世界的陶冶下。孩子們漸漸的從互相搶著看電視，到互相搶著幫媽媽做家事，並且更能感念父母親的愛與關懷，與同學間的友愛。孩子們特別還關懷我，紛紛想當我的導盲小義工呢！

四書五經的內容，雖然小朋友們不怎麼懂，可是先種植在他們的內心深處，並逐步在日常生活中去實踐與體會，這樣的影響力量將是潛移默化的，且是源源不絕的，更是長遠的。

也許就科技等物質文明而言，四書五經並無法提供現代人立即的感官與名利的滿足；但卻具有「盜等難攜最勝財」、「雖貧不變是愛親」等別人搶不走的特徵，特別是四書五經中古人的生命智慧，更值得我們加以學習仿效。

本書的出版，我覺得是一個好的開始，並非古代一定不如現代，並非傳統文化一定不如西方科技。特別是如果想要增長自己對挫折逆境的智商，或是想要讓快樂操之在我的人，不妨從小培養對古文的好印象，留在日後的生命歲月中不斷的咀嚼，也許在憂鬱症成為本世紀三大疾病的時代，將有更多正向思考的力量，來正本清源。

蘇建銘
台北市立療養院成人精神科醫師
福智基金會兒童讀經班老師

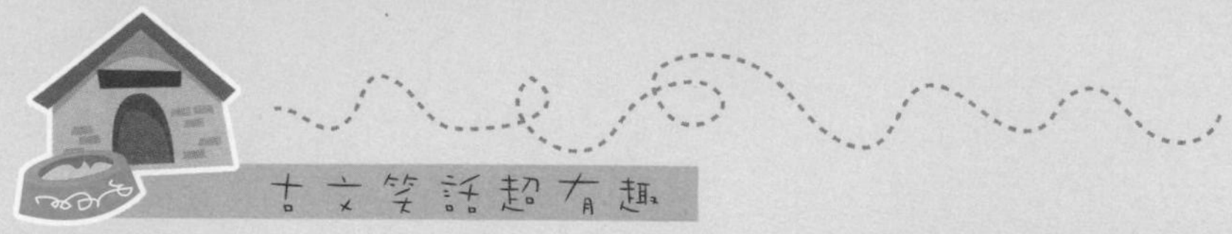

閱讀古文從本書起步

朱老師（芳芳）是一位對小朋友、大朋友都很用心的人。

透過這本有趣的笑話故事集，可讓小朋友們認識、了解古文，更進一步喜愛閱讀古文，提升小朋友們的國學能力，成為融通古今的快樂閱讀人。

孩子們在年紀小的時候，可塑性是很高的，這樣的古文閱讀，適合以一種輕鬆、愉快的方式去認識，可以幫助孩子們啓發心靈的潛在能力。用不同的教學方式，一步一步帶領孩子們進入古文的殿堂，品嘗古文的精義及文字之美。

三十篇的有趣故事，內容豐富且多元，除了有古文的原文之外，也搭配白話文、「生活體驗營」、「塗丫故事園」、「文字妙迷宮」、「語文小廚房」、「換我說故事」等單元。

一本書在內容的引導部分，對孩子是很重要的。

在「生活體驗營」這個單元裡，朱老師提供生活中與古文相關的線索，讓孩子們去思考、比較，可促進孩子們的思考空間。

「塗丫故事園」的單元，朱老師讓孩子們依著自己的想像，利用各種材料，表現出看完寓言故事後，心裡所想到的人、事、物，如此不拘泥形式，只要依著自己的感覺走，這是孩子們最高興的事了！

「文字妙迷宮」的單元，是利用遊戲連連看的方式，讓孩子進一步認識相關的字。「語文小廚房」的單元，朱老師請小朋友們試著用日常生活的經驗來造句，如此更貼近自己的生活世界。「換我說故事」單元，讓小朋友們也能作一個主角，發揮自己的想像力，敘說自己的故事。

古文的文學是優美的，是耐人尋味的。只要你肯用一顆勇敢的心去嘗試、去咀嚼，相信一定會從中體會到文學的美及學到許多做人處世的哲理。

古文的原文也許有些難，但現在可以把本書當作起步，相信會帶給您意想不到的樂趣喔！

妙暢法師
人間福報兒童版主編

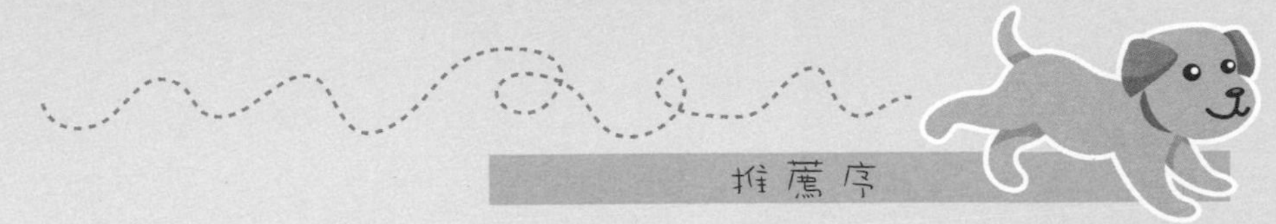

學習方法改變 效果就不同

其實一個人的成功與否？人本教育最重要，一個人懂得做人、做事的道理，將來成功的機會，就比一般人大。而這些道理都在中華古典文學裡面，從小我們給小朋友最好的經典、最好的知識，長大自然對孩子有用。

目前有許多的讀經班，都是在做這個工作。而我本人也是在做這方面的工作，只是我們的方法比較另類，我們把唐詩三百首寫成音樂，屏除過去死背的方式，用唱遊加上手語，短時間即讓小朋友會背詩、也會唱詩。

如果你接觸過兒童讀經唱詩，你會明白並且相信，他會唱了、會背了自然也就記住了，連故事也都了解；將來，可能福至心靈意會了某一境界。記得我做示範教學，桃園茄苳國小陳主任告訴我，他說用死背的方法，十首詩三個月後，小朋友只記得背一、二首，用唱的則幾乎記得到七、八首。由此可見只要學習的方法稍作改變就有很特殊的效果出來。

作學問及教學本來就有很多的方法與門路。為了讓小朋友喜歡唱詩、吟詩。我研究出一套DIY學生自治教學法，老師只在一旁作指導，讓小朋友自己作唱遊，自己教自己。

如今，我認識多年的朋友「芳芳」小姐，取材古文，別出心裁的設計出可讀、可說、可畫、可寫的單元，以故事的趣味性帶動文字的親和力，讓小朋友多讀、多感受，不知不覺增加國語文程度。也從字音、字形、字義中體會出中國文字的意涵，特別是從古老的故事重新思考，自由聯想，避開說教和道理傳輸，僅就直覺表達觀點，饒富創意。

本書兼顧了親子共同創作的需要，又可以圖文並茂表達讀後心得，是一本很具延展性和推理思考的課外讀本，我以自己教唱唐詩的經驗，建議老師及家長們多多採用。

柳松柏
中華唐詩新唱推廣中心負責人

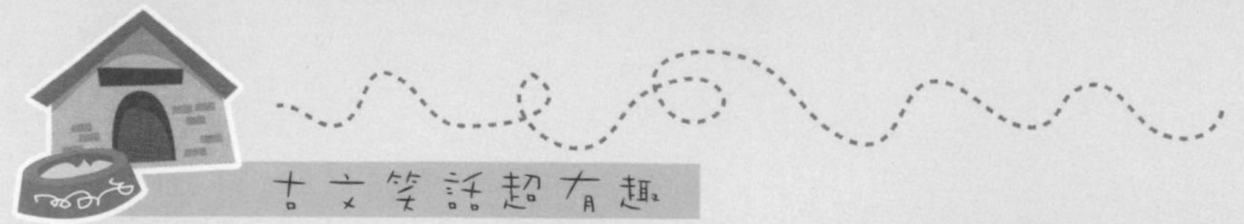

四通八達的思考空間

多年前，我的孩子剛進小學，當時我有機會當上愛心媽媽，負責孩子們的語文活動。而我本人長久從事文字工作，對於文化更遞感悟較多，和所有的家長一樣，我希望孩子們能廣泛閱讀，多方思考，以便適應更多元化的學習。

在替孩子們說故事的過程裡，我發現了古文精簡、易讀，也發現古老故事中歷久不衰的道理，以及古今相同的生活趣味。如今我將累積的教案重新整理，加入現代生活情境的思考，集結成本書，希望給親子們課後共賞隨想的一些樂趣。

拿書中「加鹽」這個故事來說，是人在情急之下可能造成的笑話，試想哪個人沒有急糊塗了的時候？讀者可以就生活中的小錯討論，增加與人相處的同理心。動腦筋排演情境尋找答案之後，會心一笑。

古文字少但意象生動，讀了幾次之後，找出動詞也就明白了大半，就像讀經背經那樣，從字形、字音、字義，各種角度的玩味和會意，那種懂了的感覺很好，不是什麼道理教訓都可以說明白的，就是讀多了，自然而然開發出文字味覺，再接觸一般文字和資訊，就輕而易舉了。

當然，閱讀的目的除了識字懂句，就是和時代思維的銜接：從「臨江之麋」的故事，可見「愛之適以害之」，以今日孩子的生活習慣來看，也有過度保護之虞，以致於孩子們缺乏辨人能力，甚至生活自理能力不足，這個角度的思維，使得古人古事更可讀。

「相狗」看來好像是說大材小用的遺憾，逆向思考，則是如何找到合適定位的問題，就如愛迪生挖了兩道門，大門給人走，小門給貓走，凡人都覺得他多此一舉，跳出一個蘿蔔一個坑的盲點，原來可以那麼有趣的轉圜。

一個字、一個故事，就能觸及多角度的延伸思考，甚至造詞造句，這是古文厲害的地方，中國文字豐富的寶藏盡在其中，多希望這些寶藏化成文字零食，用清爽的樣貌，宅配到每個家庭，分享親子師生。

芳芳

十分鐘愛上古文
一輩子享受閱讀

親子互動嬉遊書 2

古文笑話超有趣

目錄 Contents

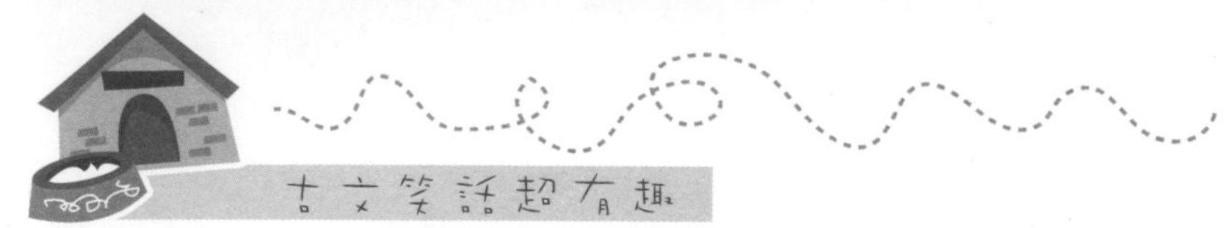

這本書怎麼玩？

本書兼具休閒閱讀和語文練習的作用，不需預設答案，使用方法十分簡易，在此大略說明各單元設計的理念。

給爸爸、媽媽及老師的悄悄話

建議爸爸、媽媽及老師們用以下幾個方向，引導小朋友輕鬆閱讀、快樂成長：

1. 幫助孩子們欣賞原文，品味古文精簡的用字及意象，可增加小朋友文字的領悟力。

2. 和孩子們一起參加「生活體驗營」，和孩子們一起觀察、一起塗ㄚ、一起遊戲、一起胡思亂想，文字只是開端，領悟才是目的。

3. 和小朋友一起在「文字妙迷宮」的不同遊戲設計中找出字型、字義的關聯或是協助小朋友從上、左、右、斜的方向去連接詞語，在遊戲中自然增加小朋友的詞語庫。

4. 每篇故事都有寓意和語詞，爸媽可以和小朋友一起利用寓言故事中的文字或成語練習造句或用自己的方式重新寫故事，創造並享受親子之間共同思考的樂趣。

幫助小朋友由圖畫了解文意。

古文寓言的白話翻譯，一看就懂。

小朋友可嘗試利用各種方法，將故事再重畫一遍。

爸媽可以和孩子一起根據提示體驗生活，讓頭腦觸電發光。

小朋友可嘗試把相關的字連起來，或是利用學會的字串成詞。

先看過白話譯文和彩圖，再來讀原汁原味的古文，就不會那麼難了。

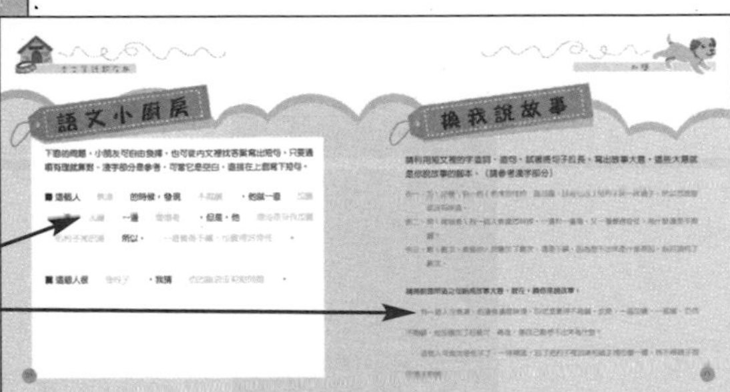

請小朋友造句並串句重說一次故事。

加鹽

有一個人在煮羹，他先用杓子嚐了一口，覺得鹽放得不夠，就加了一點鹽。然後又嚐了杓子裡的羹，仍然覺得不夠鹹，於是重覆了好幾次加鹽的動作，但是他一直嚐杓子裡的羹，都覺得不夠鹹，連他自己都感覺到奇怪。

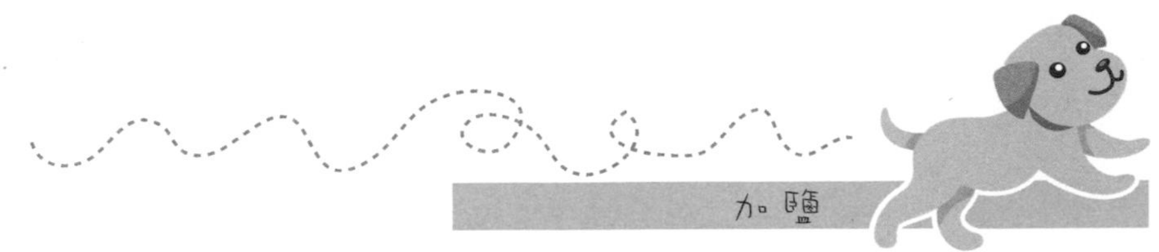

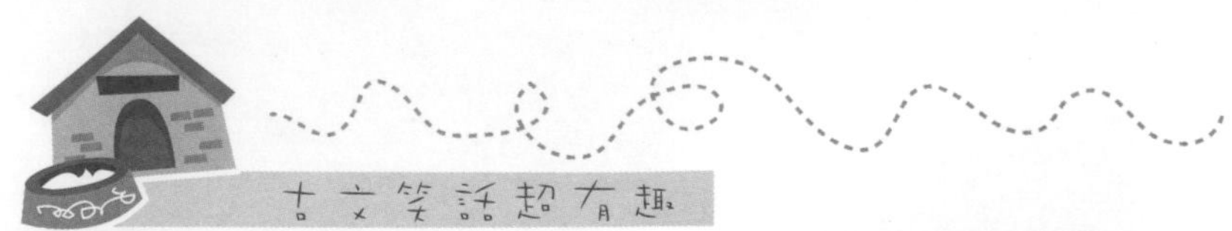

生活體驗營

小朋友可參考下列題目的角度或自己從故事裡面找幾個焦點，看一看、想一想、演一演，體驗一下不同的情境，讓頭腦觸電發光。

■ 如果有機會，請爸爸媽媽或老師帶你去參觀鹽廠。

■ 找同學或朋友一起玩辦家家酒，假裝要炒菜給別人吃，試著從作菜的動作中，找出故事裡的人煮羹加鹽卻不鹹的原因？

塗丫故事園

讀了這個小故事，要請小朋友嘗試把故事畫出來。小朋友可以嘗試利用各種材料如樹葉、碎布、剪紙等來構成畫面，愛怎麼畫就怎麼畫，不必畫得像、也不必畫得精細，只要能重說一次故事，就是最有意思的畫。

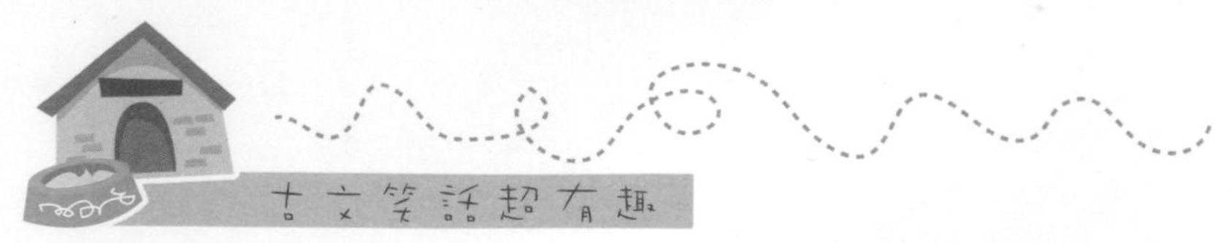

原文欣賞

人有和羹者，以杓嘗之，少鹽，便益之。後復嘗之鄉杓中者，故云：「鹽不足。」

如此數，益升許鹽，故不鹹，因此爲怪。

【笑林】

仔細觀察左右兩邊的文字，有何相似關聯的地方？

並用→把相關的字連起來。

益ㄧˋ之ㄓ

廚ㄔㄨˊ 房ㄈㄤˊ 品ㄆㄧㄣˇ 名ㄇㄧㄥˊ

嚐ㄔㄤˊ

鹽ㄧㄢˊ

作ㄗㄨㄛˋ 菜ㄘㄞˋ 動ㄉㄨㄥˋ 作ㄗㄨㄛˋ → 嚐ㄔㄤˊ

杓ㄕㄠˊ

羹ㄍㄥ

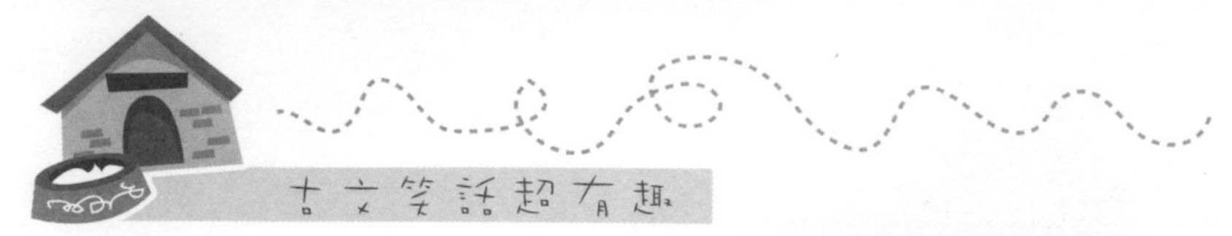

語文小廚房

下面的問題，小朋友可自由發揮，也可從內文裡找答案寫出短句，只要通順有理就算對。淺字部分是參考，可當它是空白，直接在上面寫下短句。

■ 這個人　煮湯　的時候，發現　不夠鹹　，他就一直　加鹽　一邊　加鹽　一邊　嚐嚐看　，但是，他　嚐的是沒有加鹽的杓子裡的湯　所以，　一直覺得不鹹，也覺得好奇怪　。

■ 這個人很　急性子　，我猜　他的腦袋瓜有點問題　。

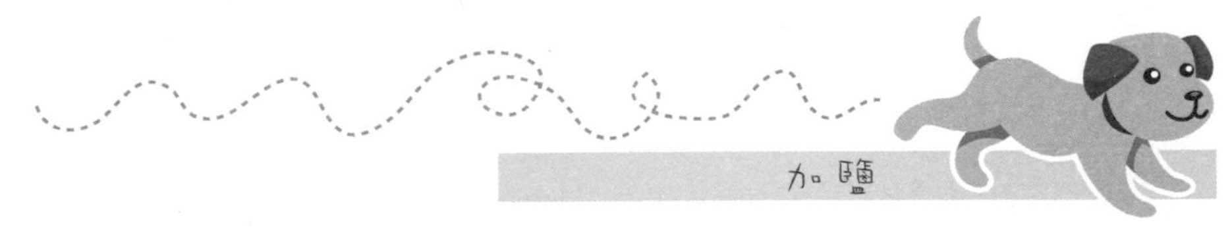

換我說故事

請利用短文裡的字造詞、造句，試著將句子拉長，寫出故事大意，這些大意就是你說故事的腳本。（請參考淺字部分）

例一、加＼加鹽＼有一個人煮湯的時候一直加鹽，因為他忘了用杓子拌一拌鍋子，所以怎麼嚐都沒有味道。

例二、嚐＼嚐嚐看＼有一個人煮羹的時候，一邊和一邊嚐，又一邊覺得奇怪，為什麼還是不夠鹹？

例三、數＼數次＼煮羹的人加鹽加了數次，還是不鹹，因為想不出來是什麼原因，他抓頭抓了數次。

請將前面所造之句組成故事大意，現在，換你來說故事：

有一個人在煮湯，他邊煮邊嚐味道，卻老是覺得不夠鹹，於是，一直加鹽，一直嚐，仍然不夠鹹，他加鹽加了好幾次，最後，連自己都想不出來為什麼？

這個人可能太急性子了，一時糊塗，忘了把杓子裡的湯和鍋子裡的攪一攪，怪不得鍋子裡的湯不夠鹹。

No.02

囫圇吞棗

有一位客人飯後閒聊說：「梨子這種水果對牙齒有幫助，但對脾臟有不好的影響，而棗子對脾臟有好處，對牙齒卻有壞處。」

客人之中，有一位呆瓜型的人聽完這些話，想了很久，想出了一個兩全其美的方法，他說：「這樣的話，當我吃梨子時咬一咬但不要吞下肚子，就不會傷到脾臟，當我吃棗子時不去咬它，一口氣吞下肚，就不會傷到牙齒了。」

另一位喜歡開玩笑的客人立刻說：「老弟

你真厲害，就這麼囫圇一聲就能把棗子吞下去了嗎？」當時全場的人都笑翻了。

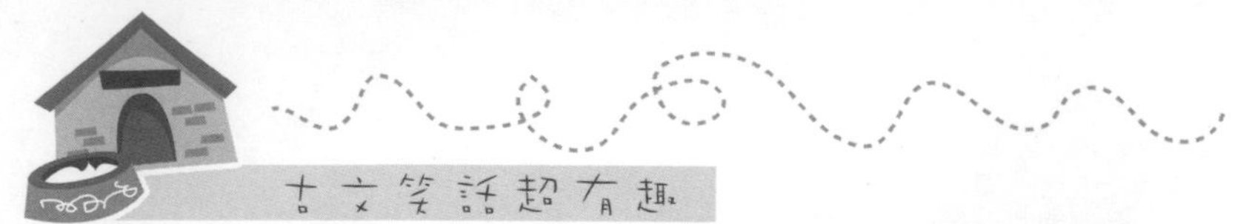

生活體驗營

小朋友可參考下列題目的角度或自己從故事裡面找幾個焦點，看一看、想一想、演一演，體驗一下不同的情境，讓頭腦觸電發光。

■ 小朋友請試著拿梨子和棗子比較大小，並去查查這兩種水果的養分及對人體健康的影響。

____

____

____

■ 有機會請爸爸媽媽帶你去市場買東西，認識各種不同的水果。

____

____

____

塗丫故事園

讀了這個小故事，要請小朋友嘗試把故事畫出來。小朋友可以嘗試利用各種材料如樹葉、碎布、剪紙等來構成畫面，愛怎麼畫就怎麼畫，不必畫得像、也不必畫得精細，只要能重說一次故事，就是最有意思的畫。

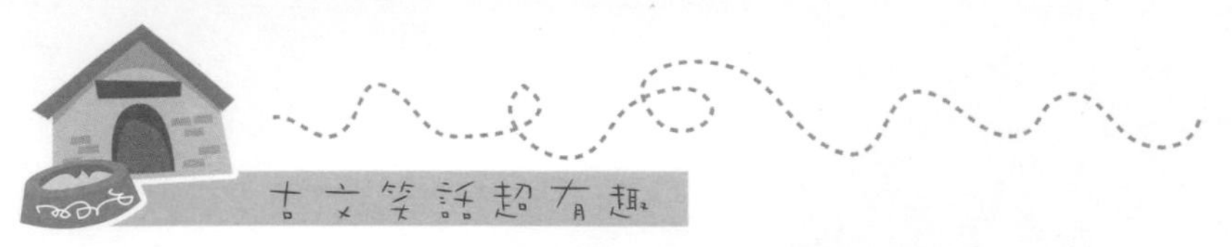

原文欣賞

客有曰：「梨益齒而損脾，棗益脾而損齒。」

一呆弟子思久之，曰：「我食梨則嚼而不嚥，不能傷我之脾；我食棗則不嚼，不能傷我之齒。」

狎者曰：「你真是囫圇吞卻一個棗也！」遂絕倒。

【笑林】

仔細觀察左右兩邊的文字，

有何相似關聯的地方？

並用→把相關的字連起來。

左	右
	嚥
	客人
人物	呆弟子
	食
嘴的動作 →	梨
	狎者
食物	棗

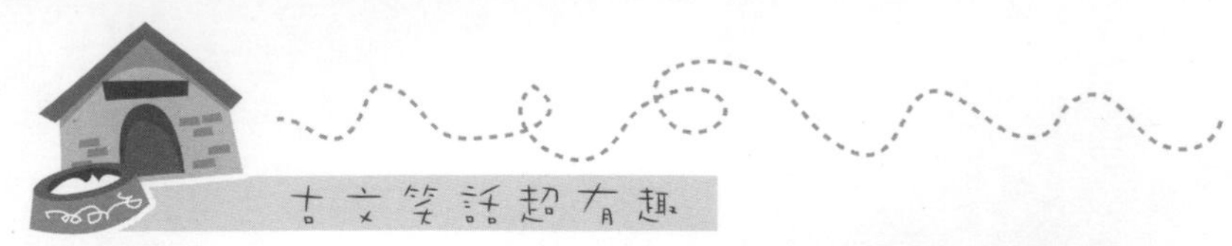

語文小廚房

下面的問題，小朋友可自由發揮，也可從內文裡找答案寫出短句，只要通順有理就算對。淺字部分是參考，可當它是空白，直接在上面寫下短句。

■ 在一個　宴客　的場合，有一個　客　人說：「梨子這種水果對牙齒有好處，對　脾臟　卻有壞處，而棗子這種水果對脾臟有好處，對　牙齒　卻有壞處。」

■ 這時，有一個　呆頭呆腦　的人想了一想，說：「那我吃梨子時　只嚼不吞　下去，梨子就傷不到我的　脾臟　了；我吃棗子時，不嚼一嚼，而　一口就吞　下去，那　棗子　就傷不到我的　牙齒　了。」

■ 有一個喜歡捉弄人的客人就笑他說：「你這樣　囫圇　一聲就能把棗子吞下去了，真是厲害啊！」在場的人都笑得東倒西歪。

換我說故事

請利用短文裡的字造詞、造句，試著將句子拉長，寫出故事大意，這些大意就是你說故事的腳本。（請參考淺字部分）

例一、梨＼梨子＼有人說吃梨子對牙齒有好處，但是對脾臟卻有壞處，真是不能兩全其美。

例二、棗＼棗子＼有人說棗子吃太多會傷害牙齒，對脾臟卻有好處，這樣的說法讓人很難決定棗子到底好不好。

例三、嚥＼嚥不下去＼為了怕棗子傷害牙齒，又希望棗子對脾臟有幫助，有人想到把棗子一口嚥下去，但是這樣嚥不下去啊！

請將前面所造之句組成故事大意，現在，換你來說故事：

在一個宴客的場合，有一位客人說：「梨子雖然對牙齒有好處，但是對脾臟有壞處；棗子雖然對脾臟有好處，但是對牙齒又不太好，所以要吃得適量才好。」

客人之中有一位呆呆的年輕人說：「為了得到好處避免壞處，只好吃梨子時用咬的但不吞下去，吃棗子就只吞而不咬。」

弓矢相濟

一個跟隨后羿學射箭的人說：「我的弓是材質最好的，可惜沒有同等好的箭可以用來發射。」另一個同學不服氣的說：「我的箭是優良的箭，可惜沒有強勁的弓可以將箭射出去。」后羿聽到了就說：「沒有弓，如何射出箭？沒有箭，如何射中目標？」

就命令兩人合作，再開始教他們射箭。

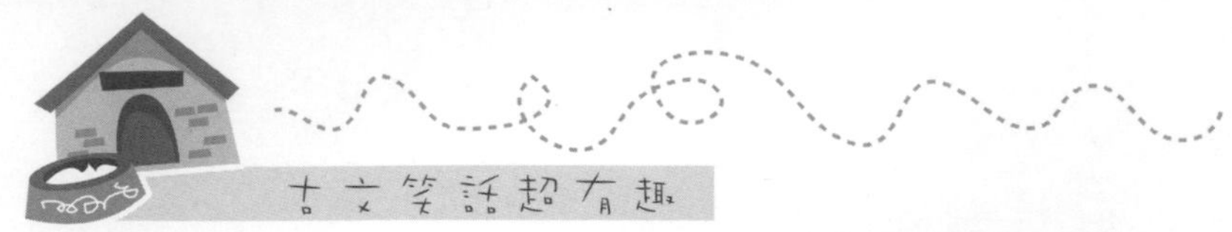

生活體驗營

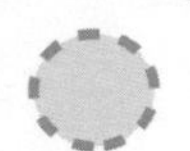

小朋友可參考下列題目的角度或自己從故事裡面找幾個焦點，看一看、想一想、演一演，體驗一下不同的情境，讓頭腦觸電發光。

■ 小朋友，如果有機會去運動會參觀射箭比賽（或者從電視觀賞射箭比賽的節目），請觀察弓和箭的配合。

■ 如果有機會請爸爸、媽媽帶你到度假村的射箭場，去體驗一下弓和箭的用法。但要注意安全。

塗丫故事園

讀了這個小故事，要請小朋友嘗試把故事畫出來。小朋友可以嘗試利用各種材料如樹葉、碎布、剪紙等來構成畫面，愛怎麼畫就怎麼畫，不必畫得像、也不必畫得精細，只要能重說一次故事，就是最有意思的畫。

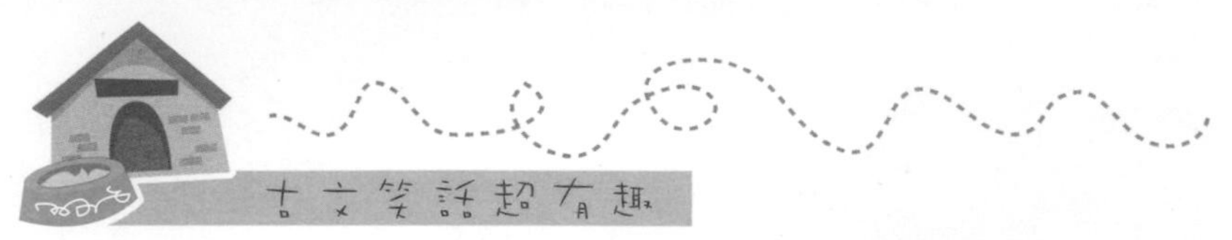

原文欣賞

一人曰：「吾弓良，無所用矢。」一人曰：「吾矢善，無所用弓。」羿聞之曰：「非弓何以往矢？非矢何以中的？」令合弓矢而教之射。

【胡非子】

文字妙迷宮

仔細觀察左右兩邊的文字，有何相似關聯的地方？

並用→把相關的字連起來。

弓 ㄍㄨㄥ	善 ㄕㄢˋ
良 ㄌㄧㄤˊ	中 ㄓㄨㄥˋ
往 ㄨㄤˇ	矢 ㄕˇ

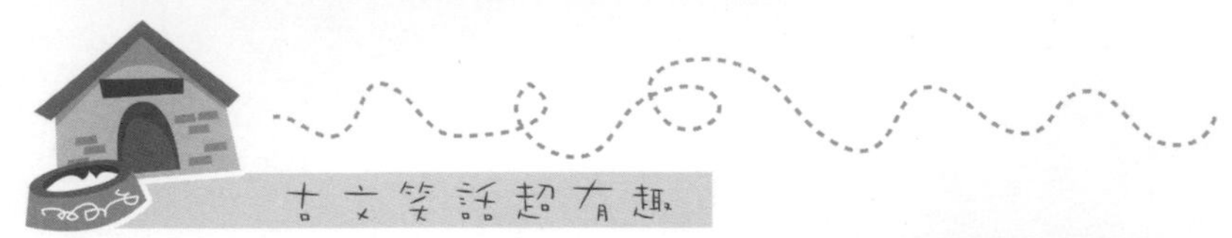

語文小廚房

下面的問題，小朋友可自由發揮，也可從內文裡找答案寫出短句，只要通順有理就算對。淺字部分是參考，可當它是空白，直接在上面寫下短句。

■ 從　字形　可以知道弓矢的樣子，這兩種武器　是一套的　。

■ 后羿是很會　射箭　的人，傳說他射下　九個太陽　，後來娶了嫦娥當太太，而後后羿想　長生不老　，他好不容易找到了長生不老的藥，卻被嫦娥偷吃了，就有了　嫦娥奔月　的傳說，總之，嫦娥的老公　后羿　是個很會射箭的人。

■ 如果，只有弓沒有矢，也許可以用弓來練習　射石頭　，因此而有了彈弓；如果，只有矢沒有弓，可以用矢來練　射遠　，因此而有了短槍和飛鏢。

換我說故事

請利用短文裡的字造詞、造句，試著將句子拉長，寫出故事大意，這些大意就是你說故事的腳本。（請參考淺字部分）

例一、弓＼拉弓＼有一個人想學會如何使用弓箭，他先學拉弓的姿勢，因為姿勢正確才能射得遠。

例二、矢＼利矢＼有了好的弓，還得有利矢，這樣就能百發百中了。

例三、相＼互相＼弓和矢要互相配合，有弓沒有矢，就沒有東西可以用來命中目標；有矢沒有弓，也就沒有可以發射的力量。

請將前面所造之句組成故事大意，現在，換你來說故事：

有一個人說他的弓是最好的，另一個人說他的矢是最好的；兩人都不願互相配合，後來，他們的老師后羿教他們要合作，才學得到技術。

No.04

畫鬼最易

有一位畫家到齊王家作客，畫家替齊王畫像。齊王問他：「依你畫畫的經驗，什麼最難畫？」畫家說：「狗和馬最難畫。」齊王又問：「什麼最好畫？」畫家說：「鬼怪最好畫，因爲狗和馬是大家常見的，早晚出現在眼前，不可以隨便畫，所以最難，鬼怪沒有一定的形狀，也沒人看過，怎麼畫都可以，所以最容易。」

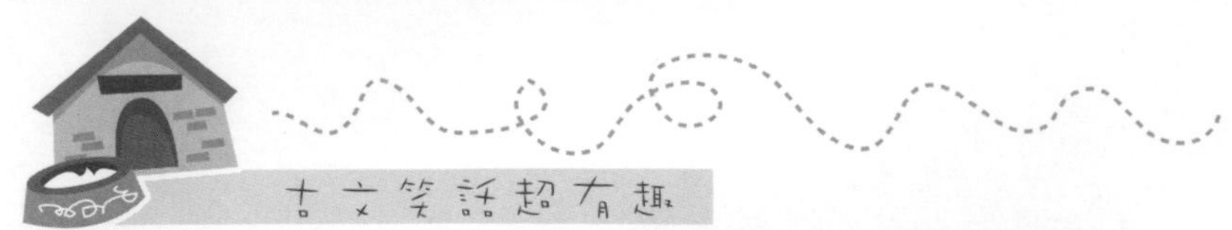

生活體驗營

小朋友可參考下列題目的角度或自己從故事裡面找幾個焦點，看一看、想一想、演一演，體驗一下不同的情境，讓頭腦觸電發光。

■ 請爸爸、媽媽或老師帶你去看畫展。試著了解什麼是寫實派畫風、什麼是抽象派畫風？

■ 和爸爸、媽媽一起欣賞畫冊，認識不同的畫家和畫風。

塗丫故事園

讀了這個小故事，要請小朋友嘗試把故事畫出來。小朋友可以嘗試利用各種材料如樹葉、碎布、剪紙等來構成畫面，愛怎麼畫就怎麼畫，不必畫得像、也不必畫得精細，只要能重說一次故事，就是最有意思的畫。

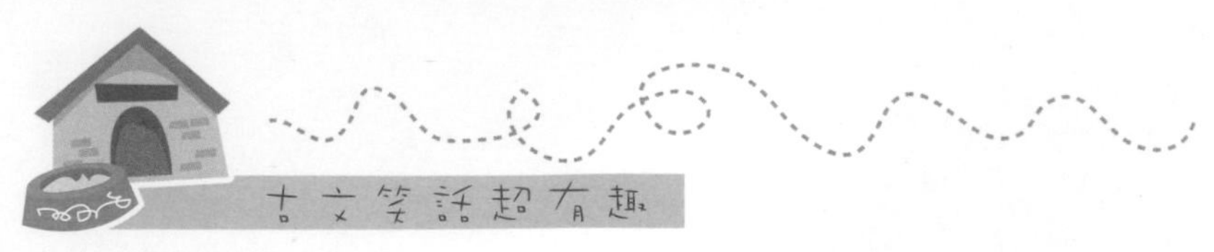

原文欣賞

客有爲齊王畫者，齊王問曰：「畫孰最難者？」曰：「犬馬最難。」「孰最易？」曰：「鬼魅最易。夫犬馬，人所知也，旦暮罄於前，不可類之，故難。鬼魅，無形者，不罄於前，故易之也。」

【韓非子．外儲說左上】

文字妙迷宮

仔細觀察左右兩邊的文字，有何相似關聯的地方？

並用→把相關的字連起來。

抽ㄔㄡ 象ㄒㄧㄤˋ 的˙ㄉㄜ

具ㄐㄩˋ 體ㄊㄧˇ 的˙ㄉㄜ

犬ㄑㄩㄢˇ

魅ㄇㄟˋ

馬ㄇㄚˇ

難ㄋㄢˊ

鬼ㄍㄨㄟˇ

易ㄧˋ

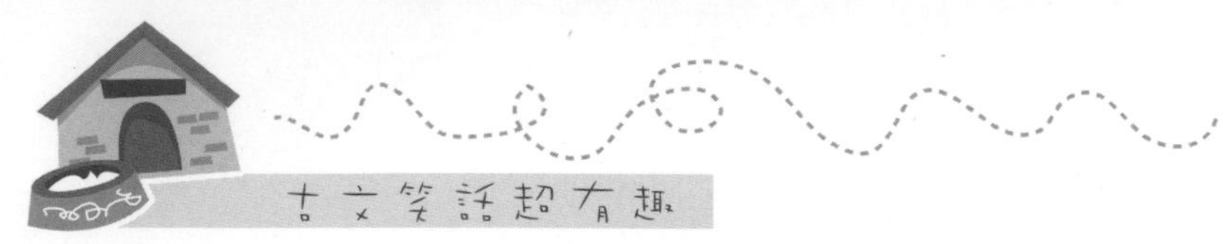

語文小廚房

下面的問題，小朋友可自由發揮，也可從內文裡找答案寫出短句，只要通順有理就算對。淺字部分是參考，可當它是空白，直接在上面寫下短句。

問：為什麼鬼最好畫？

答：鬼是沒有一定形狀的，沒多少人看過，所以怎麼畫都可以。

問：為什麼狗和馬最難畫？

答：狗和馬最常見，早晚都出現在人們眼前，因此畫錯了就立刻會被發現。

問：你覺得鬼可怕嗎？那裡可怕？

答：鬼很可怕，從電影上看到的都很嚇人，蒼白的臉和流血的眼睛，害我晚上都會作惡夢。

問：你怎麼過鬼節的？

答：我去看過人家放水燈，我也參加過英語才藝班的鬼節活動，可以化裝成小鬼去要糖。

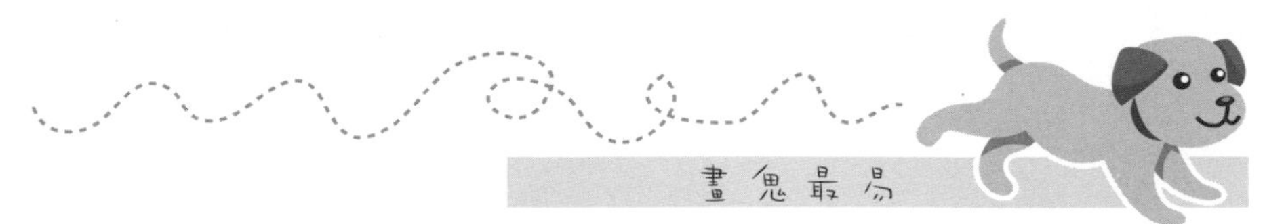

換我說故事

請利用短文裡的字造詞、造句，試著將句子拉長，寫出故事大意，這些大意就是你說故事的腳本。（請參考淺字部分）

例一、犬＼流浪犬＼如果要畫狗，可不能亂畫，人家會說：「你沒看過狗，也該看過流浪犬，怎麼可以畫成這樣？」。

例二、鬼＼貪吃鬼＼他的綽號叫貪吃鬼，他是我見過的第一個鬼，如果你看過他吃東西的速度，就明白為什麼有這個綽號了。

例三、畫＼畫家＼畫家靠賣畫維生，有寫實派、印象派、野獸派，我最喜歡抽象派的畫。

請將前面所造之句組成故事大意，現在，換你來說故事：

有一次齊王請畫家作客，順便替齊王畫人像，齊王問畫家什麼最難畫？什麼最好畫？畫家說鬼最好畫，馬和狗最難畫。

這位畫家很有意思，他的理由是鬼沒有固定的樣子，怎麼畫都沒人說畫錯了，馬和狗是人的好朋友，長什麼樣子大家都知道，畫錯一點就會被看出來。

許允婦

許姓書生要娶老婆，娶的是阮德如的妹妹，阮德如的妹妹長得很醜，行完婚禮之後，新郎很久都不願入洞房。

桓范就勸告新郎說：「阮德如會把他妹妹嫁給你，一定有他的道理，你還是進去了解一下吧？」許姓書生這才進入洞房，新娘子就拿起衣服伺候他更衣休息。

許姓書生問新娘：「婦人有四德，你有那幾德？」新娘回答：「我除了長得不好看，世人所稱的女德都有。那麼讀書人應有百

種優良品性，你又有幾項？」許姓書生說：「我都有。」新娘說：「你明明就喜歡美色，不喜歡女人有德，怎麼還說都有？」許姓書生被質問得面有愧色，以後再也不敢對他的新娘子不敬。

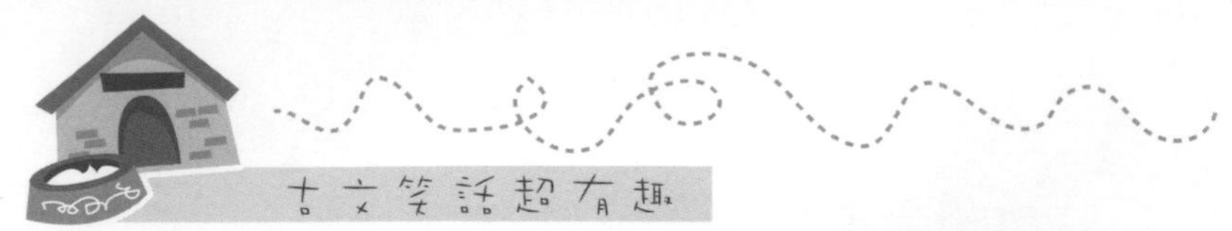

生活體驗營

小朋友可參考下列題目的角度或自己從故事裡面找幾個焦點，看一看、想一想、演一演，體驗一下不同的情境，讓頭腦觸電發光。

■ 和爸爸、媽媽或老師討論古時候的女德和現代的女德有何不同？

■ 試著舉出你所認識的男生和女生，他們相處的實例，解釋兩性平等的真義。

塗丫故事園

讀了這個小故事，要請小朋友嘗試把故事畫出來。小朋友可以嘗試利用各種材料如樹葉、碎布、剪紙等來構成畫面，愛怎麼畫就怎麼畫，不必畫得像、也不必畫得精細，只要能重說一次故事，就是最有意思的畫。

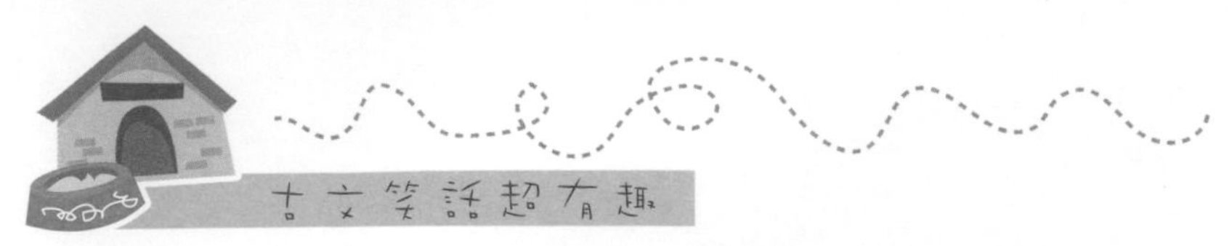

原文欣賞

許允婦，是阮衛尉女，德如妹，奇醜。交禮竟，許允無復入理。

桓范勸之曰：「阮嫁醜女與卿，故當有意，宜察之。」許便入見。婦即出，提裙裾待之。

許謂婦曰：「婦有四德，卿有幾？」答曰：「新婦所乏唯容。士有百行，君有幾？」許曰：「皆備。」婦曰：「君好色不好德，何謂皆備？」允有慚色，遂雅相敬重。

【笑林】

文字妙迷宮

仔細觀察左右兩邊的文字，有何相似關聯的地方？

並用→把相關的字連起來。

形ㄒㄧㄥˊ容ㄖㄨㄥˊ女ㄋㄩˇ子ㄗˇ

形ㄒㄧㄥˊ容ㄖㄨㄥˊ男ㄋㄢˊ子ㄗˇ

好ㄏㄠˇ色ㄙㄜˋ

好ㄏㄠˇ德ㄉㄜˊ

醜ㄔㄡˇ

君ㄐㄩㄣ子ㄗˇ

乏ㄈㄚˊ容ㄖㄨㄥˊ

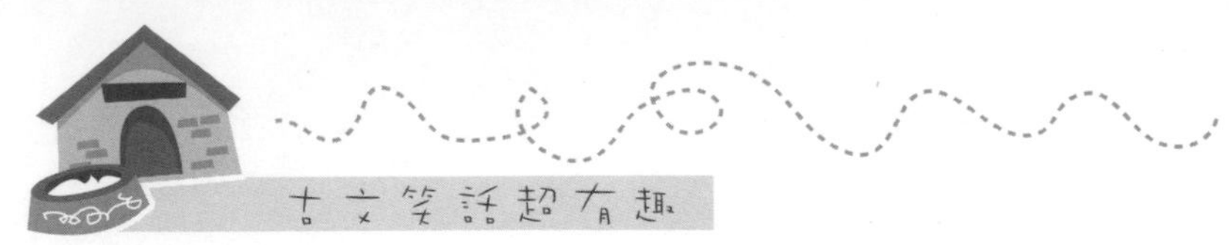

語文小廚房

下面的問題，小朋友可自由發揮，也可從內文裡找答案寫出短句，只要通順有理就算對。淺字部分是參考，可當它是空白，直接在上面寫下短句。

問：故事裡提到幾個人？

答：姓許的書生、桓范、阮德如、阮德如的妹妹。

問：為什麼許姓書生不喜歡阮德如的妹妹？

答：阮德如的妹妹長得很醜，不是普通醜，是奇醜。

問：你覺得一個人的外表重要嗎？

答：不很重要，可是也不能太醜，如果太醜就要有別的優點補償，像阮德如的妹妹，雖然醜卻很有婦德。

問：你知道什麼是三從四德嗎？

答：不知道，我問大人，他們說三從是服從父親、丈夫、兒子，四德是很會作菜、會作女紅、長得美、不多話。

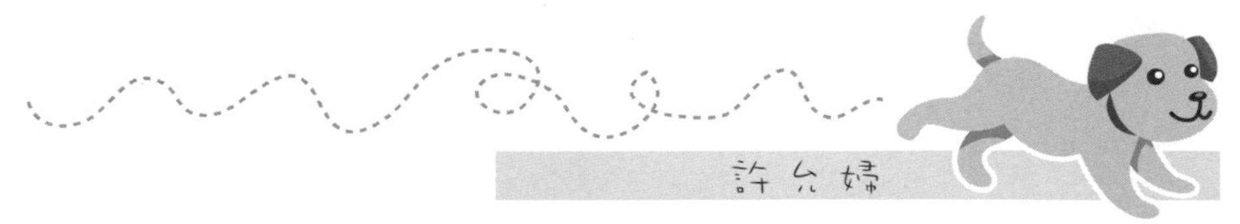

換我說故事

請利用短文裡的字造詞、造句，試著將句子拉長，寫出故事大意，這些大意就是你說故事的腳本。（請參考淺字部分）

例一、醜＼奇醜＼阮德如的妹妹長得奇醜，但是很聰明，最後還是被尊重。

例二、婦＼婦德＼古時候的女人無才便是德，沒有才能是婦德之一，和現在比起來真是天壤之別。

例三、嫁＼嫁人＼醜女想嫁人並不難，有別的優點還是會被欣賞，像阮德如的妹妹就以才能取勝。

請將前面所造之句組成故事大意，現在，換你來說故事：

有一位姓許的讀書人娶新娘，新娘是才子阮德如的妹妹，聽說長得其貌不揚，因此許姓書生在舉行交拜婚禮後，一直不想進入洞房去看新娘子。後來朋友勸他進去看看，表示阮德如會把妹妹介紹給他一定有他的道理。

果然，經過交談後，發現新娘子除了長得不好看，其他什麼都好，倒是許姓書生自己有好色不好德的毛病被指了出來，有點慚愧。

No.06

錢可通神

唐朝時，有一位判官張延，承辦了一件大案子，他召集所有的捕快加強緝補嫌犯。第二天就在判桌上看到一張小紙條，上面說：「這兒有錢三萬貫，請求大人收下，並且不再追問這件案子。」張判官很生氣的把紙條扔了。

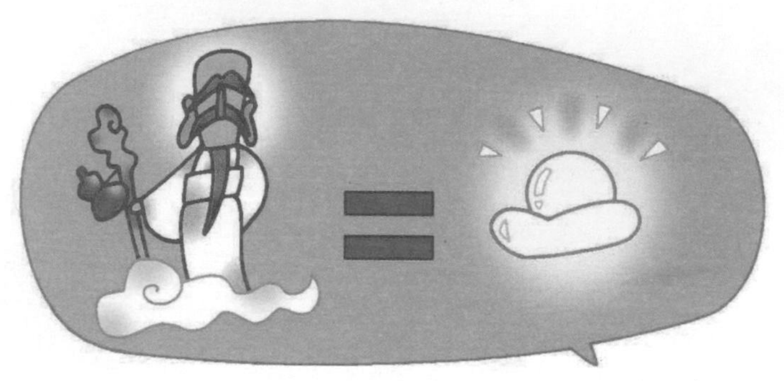

又過了一天，桌上又有回條，說：「這兒有錢十萬貫，請大人拿去吧！」張判官這次接受了，不再追查案子。

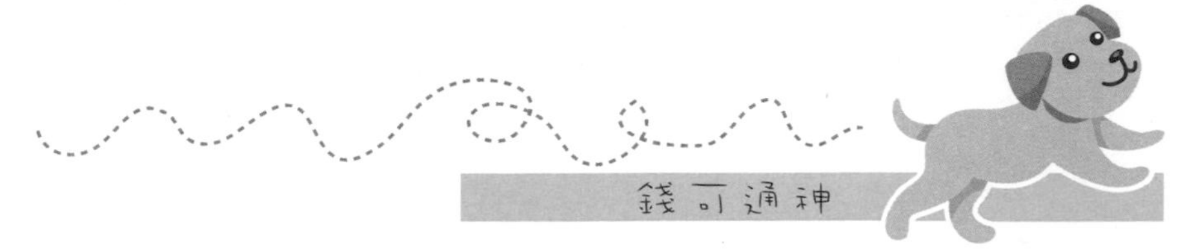

旁人後來問他爲何改變主意收了錢？張判官說：「十萬貫的錢可以通神了，沒有什麼不能改變的事，我怕這個人用通神的力量來害百姓，不得不停止追查。」

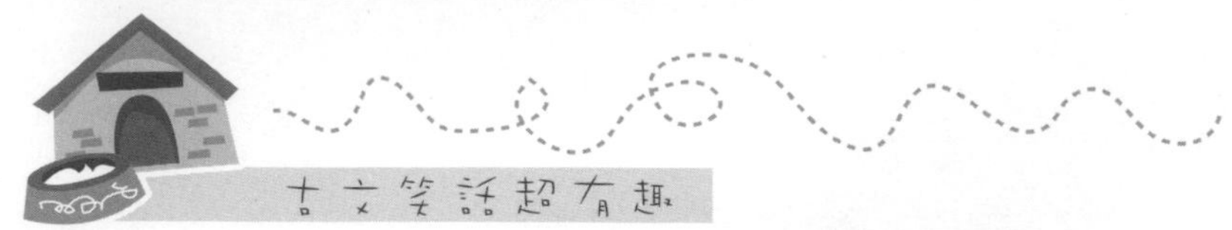

生活體驗營

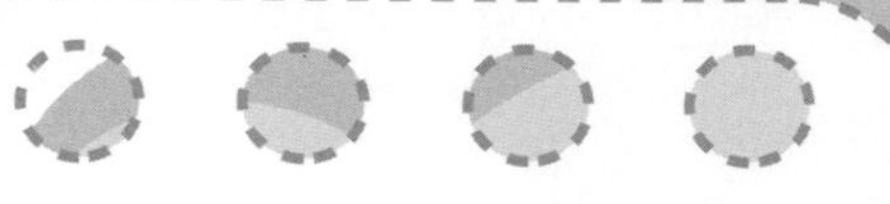

小朋友可參考下列題目的角度或自己從故事裡面找幾個焦點，看一看、想一想、演一演，體驗一下不同的情境，讓頭腦觸電發光。

■ 請試著用十元硬幣每十個一疊，比較三疊和十疊錢的差別。

■ 試著找出兩種不同幣值的外國鈔票，看一看它們有什麼不同。

塗丫故事園

讀了這個小故事，要請小朋友嘗試把故事畫出來。小朋友可以嘗試利用各種材料如樹葉、碎布、剪紙等來構成畫面，愛怎麼畫就怎麼畫，不必畫得像、也不必畫得精細，只要能重說一次故事，就是最有意思的畫。

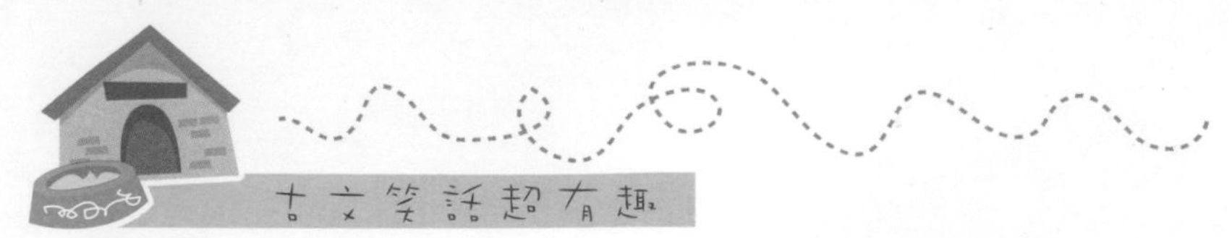

原文欣賞

唐張延賞判一大獄，召吏嚴緝。

明旦見案上留小帖云：「錢三萬貫，乞不問此獄。」張怒擲之。

明旦復帖云：「十萬貫。」遂止不問。

子弟乘間偵之，張曰：「錢十萬，可通神矣，無不可回之事，吾懼禍及，不得不止。」

【幽閒鼓吹】

文字妙迷宮

仔細觀察左右兩邊的文字，有何相似關聯的地方？

並用→把相關的字連起來。

錢的力量

官的工作

十萬貫

判獄

可通神

嚴緝

三萬貫

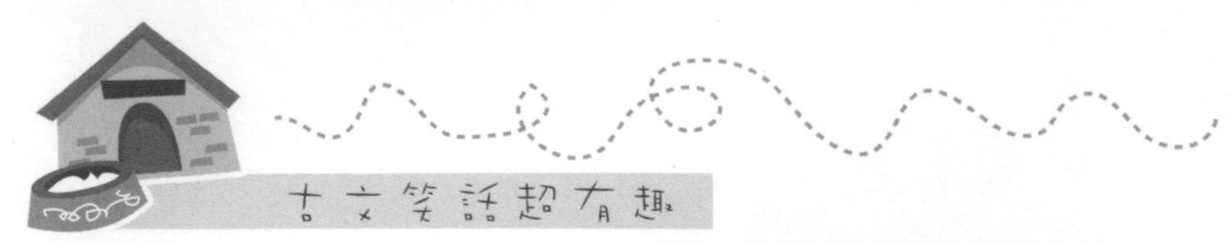

語文小廚房

下面的問題，小朋友可自由發揮，也可從內文裡找答案寫出短句，只要通順有理就算對。淺字部分是參考，可當它是空白，直接在上面寫下短句。

問：從題目望文生義，錢可通神的「通」是什麼意思？

答：買通的意思，用錢可以買通神，從故事裡出現三萬貫和十萬貫的數量，更可判斷是一樁賄賂案。

問：張延是怎樣的官？

答：判官之類的官員，可以命令手下去捉人入獄，權力很大。

問：張延最後有沒有接受賄賂？為什麼？

答：張延後來接受十萬貫，不再過問那件大案子，他的理由是十萬貫比三萬貫有威力，拿得出十萬貫的人已經有能力買通鬼神，他怕這種人會嫁禍給百姓，所以不如先收了這筆錢。

換我說故事

請利用短文裡的字造詞、造句，試著將句子拉長，寫出故事大意，這些大意就是你說故事的腳本。（請參考淺字部分）

例一、錢＼貪錢＼張延貪錢，如果錢少了，他還不收。

例二、獄＼監獄＼犯人被判罪之後，就要進入監獄受監督，關到一定的時間才能重獲自由。

例三、禍＼惹禍＼壞人惹禍被判刑，服刑出來之後，如果再惹禍就要被判更重的刑了。

請將前面所造之句組成故事大意，現在，換你來說故事：

張延是一位判官，有機會處理大案子，曾經有犯人把錢和紙條放在他的桌上，請求他不要辦案。張延起初不接受，後來錢變多了，他最後還是接受，還找了一個很好聽的理由，說是為了怕替百姓惹禍才接受的。

張延告訴身邊的手下說：「拿得出十萬貫的人，一定能和神鬼通話，他沒有什麼事是辦不到的，搞不好會嫁禍給百姓，所以，還是別再管這件案子了。」

No.07

齒鞋匠與樂工

有一個修鞋的人和一個修樂器的人是鄰居，修鞋的人家中老母去世還沒入殮，隔壁的樂工卻不顧鄰居家有喪事仍然修著樂器，天天發出樂器調音的聲音，鞋匠很生氣就告到官府。

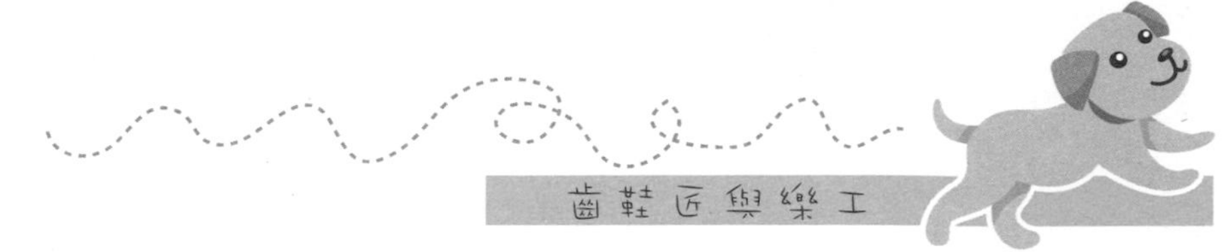

樂工告訴判官：「調整樂器是我的工作，如果一天不做，我的衣食就沒有著落呢！」判官告訴鞋匠：「那是樂工的工作，怎可因爲你家有喪事就停止調樂器，改天如果樂工家有喪事，你也照常修鞋，不必爲他停工。」

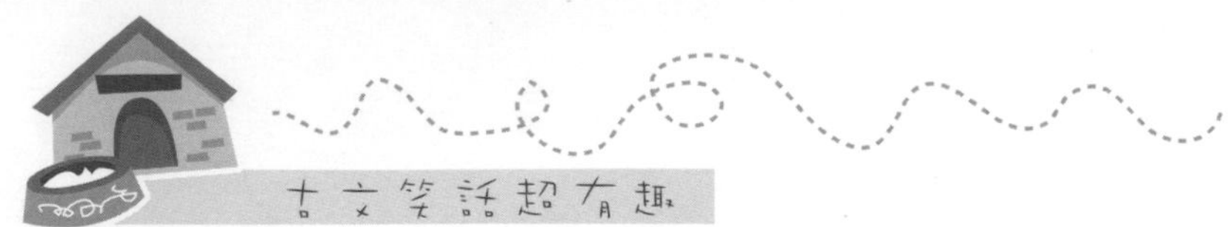

生活體驗營

小朋友可參考下列題目的角度或自己從故事裡面找幾個焦點，看一看、想一想、演一演，體驗一下不同的情境，讓頭腦觸電發光。

■ 你聽過修鞋和調樂器的聲音嗎？試著感受這兩種聲音的差別。

■ 有機會請爸爸、媽媽或老師帶你參觀樂器製造工廠和製鞋工廠。

塗丫故事園

讀了這個小故事，要請小朋友嘗試把故事畫出來。小朋友可以嘗試利用各種材料如樹葉、碎布、剪紙等來構成畫面，愛怎麼畫就怎麼畫，不必畫得像、也不必畫得精細，只要能重說一次故事，就是最有意思的畫。

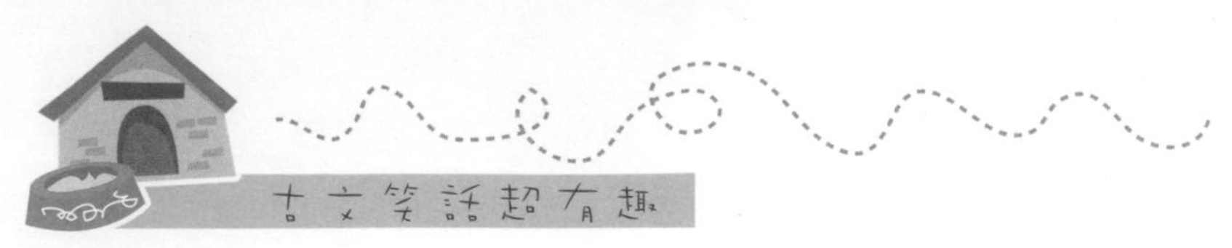

原文欣賞

有齒鞋匠與樂工居隔壁。齒鞋者母卒未殯，樂工理樂不輟。匠者怒，因相詬成訟。

樂工曰：「此某業也。苟不爲，衣與食且廢。」執政判曰：「此本業，安可喪輟？他日樂工有喪事，亦住爾齒鞋不輟。」

【唐語林】

仔細觀察左右兩邊的文字，有何相似關聯的地方？

並用→把相關的字連起來。

鞋ㄒㄧㄝˊ 匠ㄐㄧㄤˋ

樂ㄩㄝˋ 工ㄍㄨㄥ

理ㄌㄧˇ 樂ㄩㄝˋ

訟ㄙㄨㄥˋ

相ㄒㄧㄤ 詬ㄍㄡˋ

齒ㄔˇ 鞋ㄒㄧㄝˊ

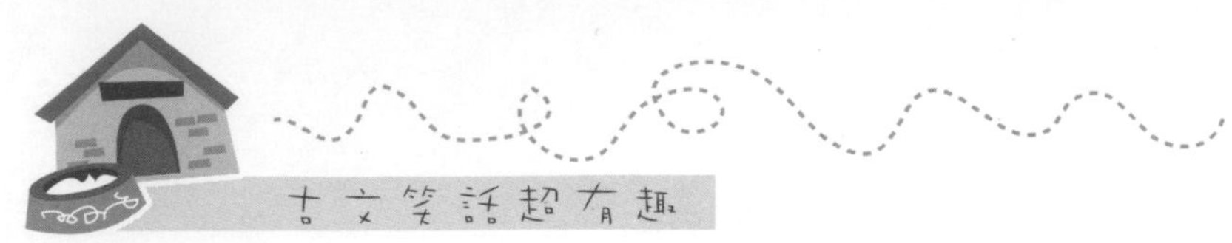

語文小廚房

下面的問題，小朋友可自由發揮，也可從內文裡找答案寫出短句，只要通順有理就算對。淺字部分是參考，可當它是空白，直接在上面寫下短句。

問：故事裡的兩個人是什麼關係？以什麼工作維生？

答：住在隔壁，一個修鞋、一個修樂器。

問：故事裡哪兩個字和說話有關？有何不同？

答：「言」部首的「詬」和「訟」。有「言」部首的大多和說話有關，詬，是互相指責，吵架的口氣；訟，公開的說道理討公道，有第三者在場，所以是告官。

問：從上下文義看「輟」，是和車子相關的，你猜猜看是開動？還是停止？

答：從故事的意思判斷應是停止，因為齒鞋匠家有喪事，所以希望隔壁的樂工停止奏樂。

換我說故事

請利用短文裡的字造詞、造句，試著將句子拉長，寫出故事大意，這些大意就是你說故事的腳本。（請參考淺字部分）

例一、鞋＼修鞋＼修鞋的行業已經沒人要做，因為現在的人都有好幾雙鞋，壞了再買就好，很少人拿去修。

例二、樂＼演奏樂器＼他會演奏好多種樂器，所以就靠買賣樂器維生，只是鄰居都說他賣的特別貴。

例三、怒＼發怒＼修鞋的人家裡有喪事，卻聽到隔壁有人在演奏樂器，忍不住發怒就告到官府去。

請將前面所造之句組成故事大意，現在，換你來說故事：

修鞋的人家裡有喪事，卻聽到隔壁有人在演奏樂器，忍不住發怒告到官府去。

最後官府的判官並沒有替鞋匠討回公道，因為沒有什麼公道可討，判官只告訴鞋匠說：「沒關係！以後修樂器的家裡如有喪事，你也照樣修鞋子，不必為了他而放下手上的工作。」

No.08

小兒不畏虎

在四川省的忠、萬、雲、安這幾個山區，老虎非常多。有一天，一個婦人把兩個小孩放在沙地上玩，她自己到溪邊洗衣服，突然有一隻老虎從山上跑下來，婦人急忙躲進水底，兩個小孩子仍在沙地上玩得很開心，一點都沒察覺到情況危急。

老虎走過去瞧了許久，甚至用頭去撞小孩，希望兩個孩子之中有一個怕牠，但小孩還小，完全不知道老虎是可怕的猛獸，最後老虎就離開了。

人們都說老虎是會吃人的猛獸，我想那些

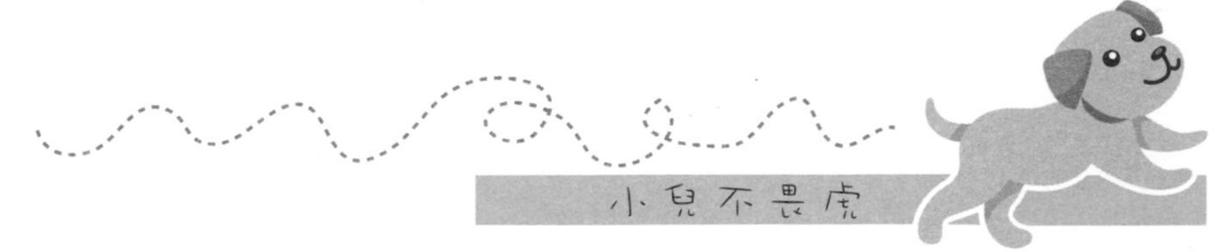

吃人的老虎一定是先被人威嚇，才會有吃人的動作，如果不去威嚇牠，牠也不會主動吃人。

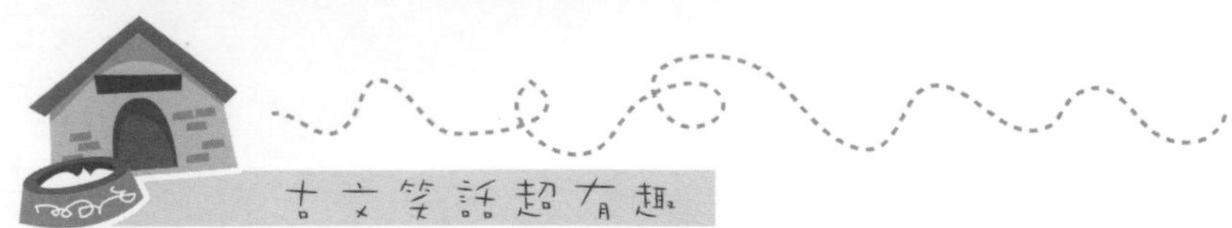

生活體驗營

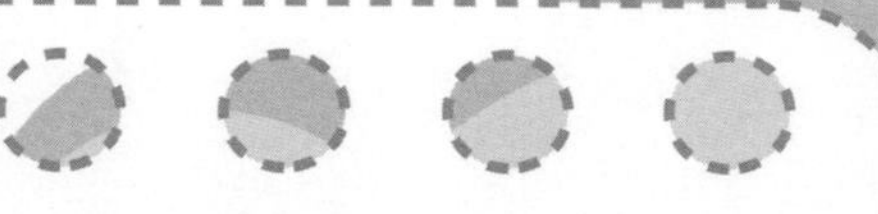

小朋友可參考下列題目的角度或自己從故事裡面找幾個焦點，看一看、想一想、演一演，體驗一下不同的情境，讓頭腦觸電發光。

■ 小朋友如果有機會去動物園玩，請觀察老虎的反應與動作。

■ 如果把故事裡的老虎換成別種動物，你想會有什麼結果呢？

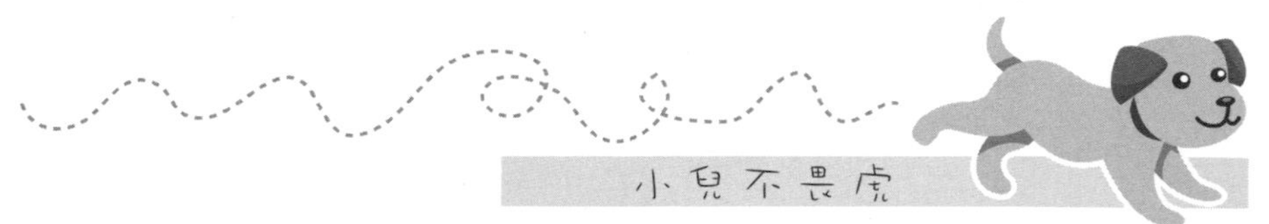

塗丫故事園

讀了這個小故事，要請小朋友嘗試把故事畫出來。小朋友可以嘗試利用各種材料如樹葉、碎布、剪紙等來構成畫面，愛怎麼畫就怎麼畫，不必畫得像、也不必畫得精細，只要能重說一次故事，就是最有意思的畫。

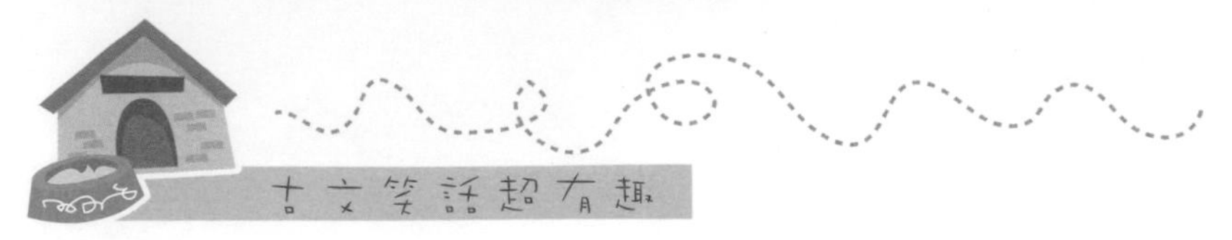

原文欣賞

忠、萬、雲、安多虎。有婦人晝日置二小兒沙上而浣衣於水者。

虎自山上馳來，婦人倉皇沉水避之，二小兒戲沙上自若。虎熟視久之，至以首觝觸，庶幾其一懼；而兒痴竟不知怪，虎亦卒去。

意虎之食人，必先被之威，而不懼之人，威無所從施歟！

【笑林】

文字妙迷宮

仔細觀察左右兩邊的文字，有何相似關聯的地方？

並用→把相關的字連起來。

虎

婦人

小兒

浣衣

戲沙

舐觸

馳來

沉水

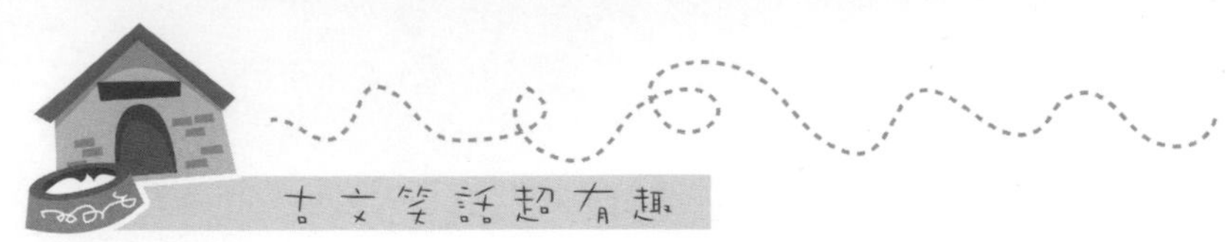

語文小廚房

下面的問題，小朋友可自由發揮，也可從內文裡找答案寫出短句，只要通順有理就算對。淺字部分是參考，可當它是空白，直接在上面寫下短句。

問：找出故事裡的角色，至少三個。

答：婦人、老虎、小孩子。

問：找出故事裡的景，至少三種。

答：沙岸、溪流、山。

問：找出故事裡的動作，至少三個。

答：浣衣、奔馳、舐觸。

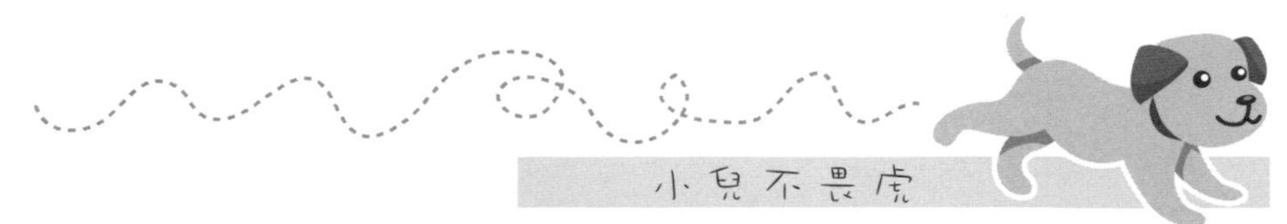

換我說故事

請利用短文裡的字造詞、造句，試著將句子拉長，寫出故事大意，這些大意就是你說故事的腳本。（請參考淺字部分）

例一、畏＼畏懼＼小孩子不知道老虎是什麼東西，老虎怎麼看他、逗他，小孩一點畏懼的樣子都沒有。

例二、懼＼懼怕＼老虎用頭撞小孩，小孩不知道懼怕，老虎覺得沒意思。

例三、怪＼奇怪＼兩個小孩被媽媽丟在沙灘上，老虎來了也沒被嚇壞，你說奇怪不奇怪？

請將前面所造之句組成故事大意，現在，換你來說故事：

一個媽媽帶著兩個小孩去溪邊洗衣服，突然從附近的山上跑出一隻老虎，這位媽媽趕緊跳入水底躲避，老虎走近小孩身邊盯著小孩，小孩仍自己玩著，老虎又用頭去頂小孩，但兩個小孩都不理牠，老虎覺得沒意思就走了。

可見老虎會吃人一定是先被人給激怒了，如果不去激怒老虎，老虎也不會傷害人。

臨江之麋

臨江這個地方有一個人，去田裡作工時撿到一隻小麋鹿，他打算帶回家養。回家時，家裡的一群狗圍過來，流著口水，看起來好像要撲咬的模樣，那個人很生氣的對狗群喝罵，做出要打狗的模樣，才保住小麋鹿的性命。

從那天開始，那個人每天都抱著小麋鹿靠近狗群，讓狗群習慣麋鹿，慢慢的再讓狗群和小麋鹿玩耍。久而久之，狗都如主人的意思和

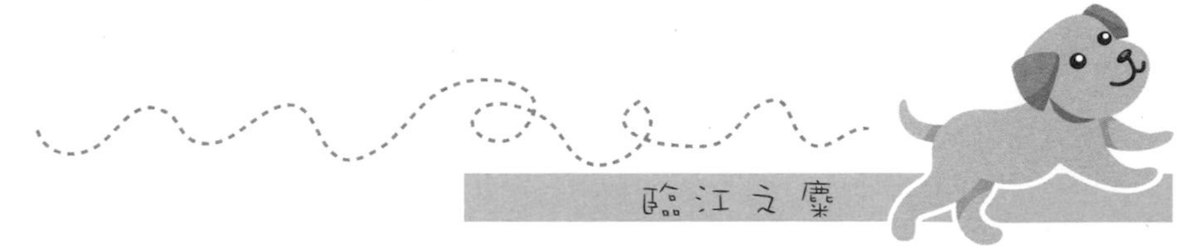

小麋鹿玩耍。後來小麋鹿長大了，根本忘了牠是一隻麋鹿，還以爲狗是牠的好朋友，玩耍時撲來撲去的毫無顧忌。

其實狗是因爲怕主人，才和小麋鹿玩得很親密，但卻經常忍不住流口水、舔舌頭。

三年後，有一天麋鹿自己出門，看見外頭有一群野狗，就靠過去想和狗玩。那群野狗看到小麋鹿，很高興又很生氣，並一起圍過去把麋鹿給吃了。街道上都是麋鹿亂七八糟的屍骨。但那隻麋鹿到最後仍舊不知道，爲何那群狗會把牠吃掉。

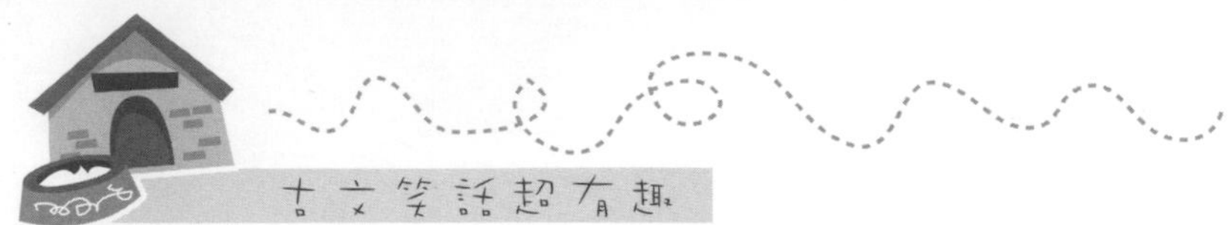

生活體驗營

小朋友可參考下列題目的角度或自己從故事裡面找幾個焦點，看一看、想一想、演一演，體驗一下不同的情境，讓頭腦觸電發光。

■ 小朋友請翻閱動物圖鑑，試著尋找和鹿同類的動物。

■ 請小朋友尋找和狗同類的動物，試著比較這些動物的性情。

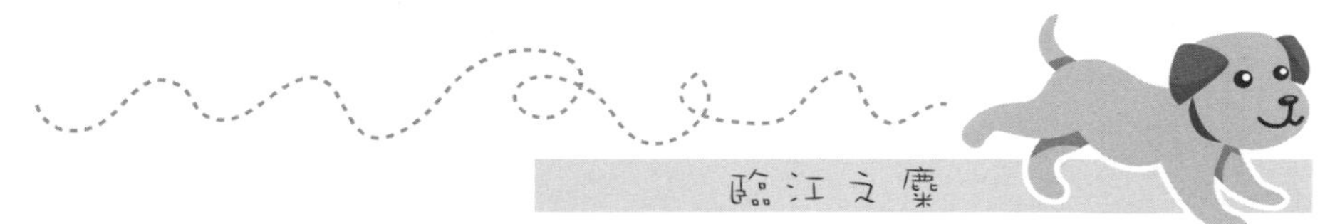

塗丫故事園

讀了這個小故事，要請小朋友嘗試把故事畫出來。小朋友可以嘗試利用各種材料如樹葉、碎布、剪紙等來構成畫面，愛怎麼畫就怎麼畫，不必畫得像、也不必畫得精細，只要能重說一次故事，就是最有意思的畫。

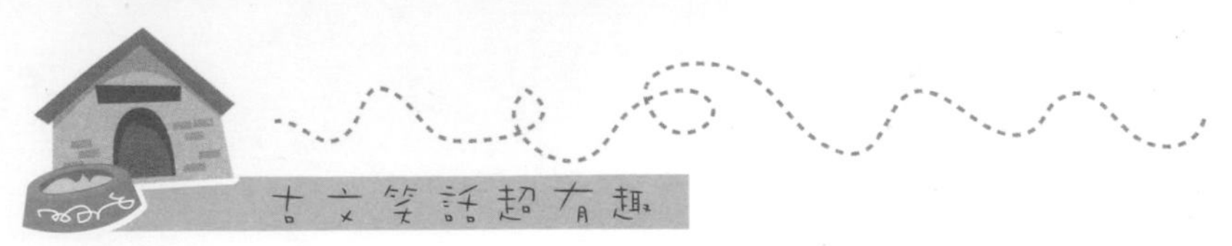

原文欣賞

臨江之人，畋得麋麑，蓄之。

入門，群犬垂涎，揚尾皆來，其人怒怛之。自是日抱就犬，習示之，稍使與之戲。

積久，犬皆如人意。麋麑稍大，忘己之麋也，以爲犬良我友，牴觸偃仆益狎。

犬畏主人，與之俯仰甚善。然時啖其舌。

三年，麋出門，見外犬在道甚眾，走欲與爲戲。外犬見而喜且怒，共殺食之，狼藉道上。

麋至死不悟。

【柳河東集・三戒】

仔細觀察左右兩邊的文字，

有何相似關聯的地方？

並用→把相關的字連起來。

	啖其舌
	垂涎
動物 ---→	犬
	麋
動物的動作	牴
	狼
人的情緒	怒

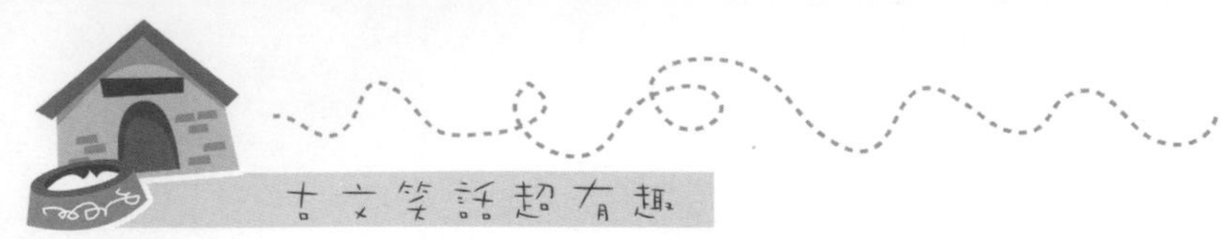

語文小廚房

下面的問題，小朋友可自由發揮，也可從內文裡找答案寫出短句，只要通順有理就算對。淺字部分是參考，可當它是空白，直接在上面寫下短句。

問：找出故事裡的角色，至少三個。

答：主人、麋鹿、狗。

問：找出故事裡的景，至少三種。

答：畋、臨江、道上。

問：找出故事裡動物的動作，至少三個。

答：與之戲、垂涎、揚尾皆來、啖其舌。

問：找出和情緒有關的字，至少三個。

答：怒、怛、悟。

換我說故事

請利用短文裡的字造詞、造句，試著將句子拉長，寫出故事大意，這些大意就是你說故事的腳本。（請參考淺字部分）

例一、怒＼憤怒＼小麋鹿是主人的新寵物，如果狗要欺侮牠，主人就會憤怒的把狗群罵走。

例二、畏＼畏懼＼狗兒畏懼主人，所以不敢對小麋鹿怎麼樣，主人不在的時候，狗卻不停的流口水，很想一口把麋鹿吃下去。

例三、悟＼覺悟＼小麋鹿一直以為狗是牠的朋友，直到被街上的野狗吃了，仍沒覺悟。

請將前面所造之句組成故事大意，現在，換你來說故事：

有一個人在野外撿到一隻小麋鹿，他很高興的帶回家養，家裡的狗卻想吃小麋鹿，主人花了許多時間訓練狗和麋鹿和平共處，麋鹿因此以為所有的狗都是牠的朋友，對狗絲毫沒有戒心，結果被外頭的流浪狗圍攻吃掉了，直到最後，牠都不明白狗為何會突然攻擊牠。

No.10

自來舊例

楊叔賢官拜郎中，眉州人，一天，他宣告不久有太守要來察看，就趕快準備迎接的排場。

排場中的接待喊出口號：「現在爲大家迎接新官上任，歡迎福星駕到，災星遠去。」

那位太守聽了好高興，問：「這是誰撰寫的口號？」領先喊口號的那人說：「我們這兒的前例，就是這麼一個口號一直流傳下來。」

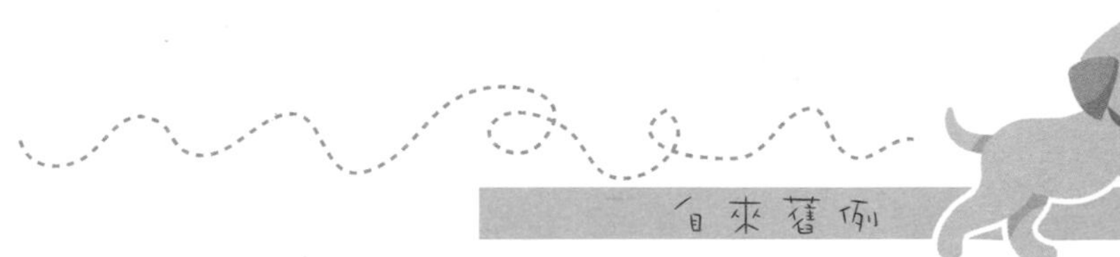

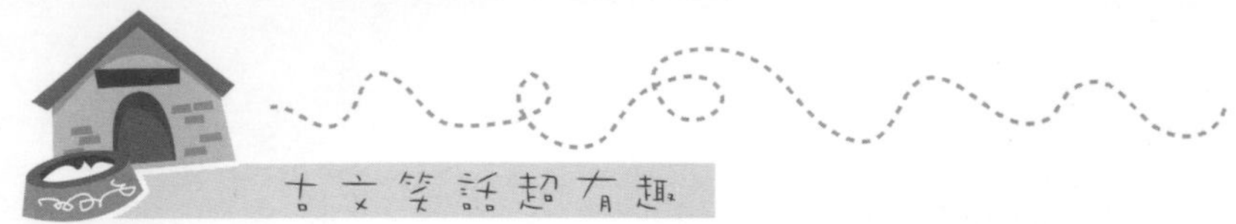

生活體驗營

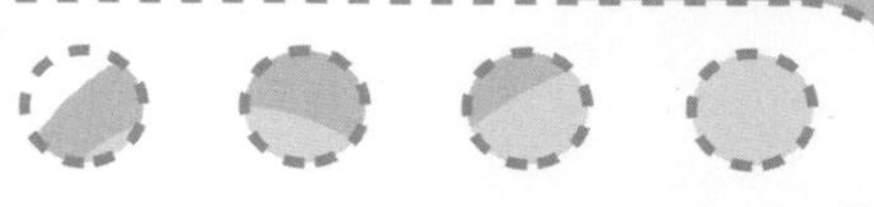

小朋友可參考下列題目的角度或自己從故事裡面找幾個焦點，看一看、想一想、演一演，體驗一下不同的情境，讓頭腦觸電發光。

■ 請小朋友演練基本的應對進退禮儀，體驗不合宜的應對將會產生怎樣的笑話。

____

____

____

■ 小朋友你喜歡哪位節目主持人嗎？試著找出令人欣賞的主持人，並討論為何欣賞他？

____

____

____

塗丫故事園

讀了這個小故事，要請小朋友嘗試把故事畫出來。小朋友可以嘗試利用各種材料如樹葉、碎布、剪紙等來構成畫面，愛怎麼畫就怎麼畫，不必畫得像、也不必畫得精細，只要能重說一次故事，就是最有意思的畫。

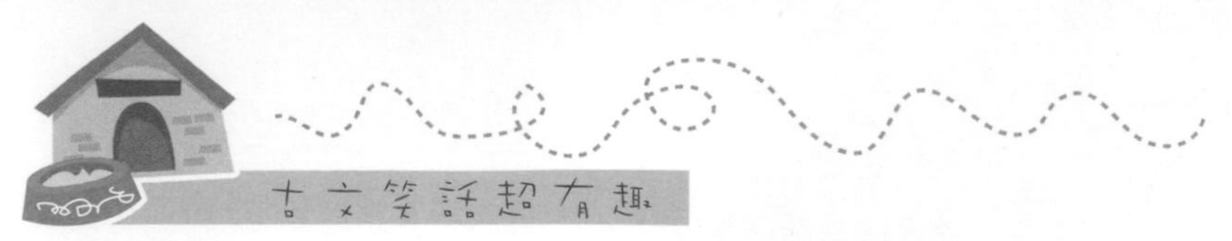

原文欣賞

楊叔賢郎中，眉州人。言頃有太守初視事，大排樂。

樂人口號云：「爲報吏民須慶賀，災星移去福星來！」守大喜，問：「口號誰撰？」優人答曰：「本州自來舊例，止此一首。」

【湘山野錄】

文字妙迷宮

仔細觀察左右兩邊的文字，

有何相似關聯的地方？

並用→把相關的字連起來。

答ㄉㄚˊ

問ㄨㄣˋ

郎ㄌㄤˊ中ㄓㄨㄥ

太ㄊㄞˋ守ㄕㄡˇ

說ㄕㄨㄛ → 云ㄩㄣˊ

官ㄍㄨㄢ銜ㄒㄧㄢˊ

曰ㄩㄝ

口ㄎㄡˇ號ㄏㄠˋ

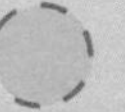

語文小廚房

下面的問題，小朋友可自由發揮，也可從內文裡找答案寫出短句，只要通順有理就算對。淺字部分是參考，可當它是空白，直接在上面寫下短句。

問：試著從題目找詞、造句。（自古以來、沿用舊例）

答：自古以來＼這個地方的慶典儀式，自古以來就是這一套。

沿用舊例＼這些地方官沿用舊例迎賓，用的仍是古早以前的排場。

問：試從「楊叔賢郎中，眉州人。」找出三種意義。

答：一、有一個人名叫楊叔賢。二、楊淑賢是眉州人。三、楊叔賢的官銜是郎中。

問：試從短文內找出三種不同身分名稱。

答：一、郎中（官）。二、太守（官）。三、樂人（演奏樂器的人）。四、優人（同樂人）。

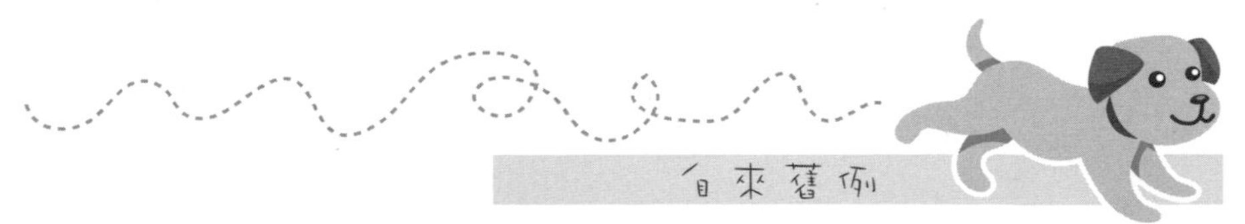

換我說故事

請利用短文裡的字造詞、造句，試著將句子拉長，寫出故事大意，這些大意就是你說故事的腳本。（請參考淺字部分）

例一、楊叔賢＼楊叔賢當郎中時，曾參加太守交接典禮，聽到有趣的口號，就把它當笑話說給別人聽。

例二、太守＼有一個地方新舊太守交接，主持交接典禮的司儀說了一句讓新太守非常開心的話，後來發現那是一套千年不變的歡迎詞，迎語意是在奉承新官、挖苦舊官。

例三、樂人＼主持新舊官人交接典禮的樂人講話有一套，雖然每次都是同一套，卻能讓新官高興極了。

請將前面所造之句組成故事大意，現在，換你來說故事：

有一個地方官要上任，主持上任典禮的人大喊：「現在為大家介紹一位新官，他是福星，他來替代原來的災星了。」這話讓新上任的官高興極了，新官好奇的問：「這詞說得真好，請問是誰寫的？」同一樂隊的人回答：「哪有什麼人寫的？從很久以前就是這一套一直沿用下來。」

No.11

三老語

曾經有三個老人碰在一起隨興地聊天，有一個老人先問年齡，一人回答：「我的年齡已不記得了，只記得我少年時和盤古認識。」另一人說：「每當地殼變動，海水變桑田時，我就丟下一根竹子，從第一根丟下去到現在，那些竹子已經堆滿十間屋子了。」發問的那位老人最後說：「我吃過的蟠桃核都丟在崑崙山下，現在那些果核都和山一般高了。」

依我看，這三個依老賣老大吹特吹的老人，和細菌小蟲又有什麼差別？

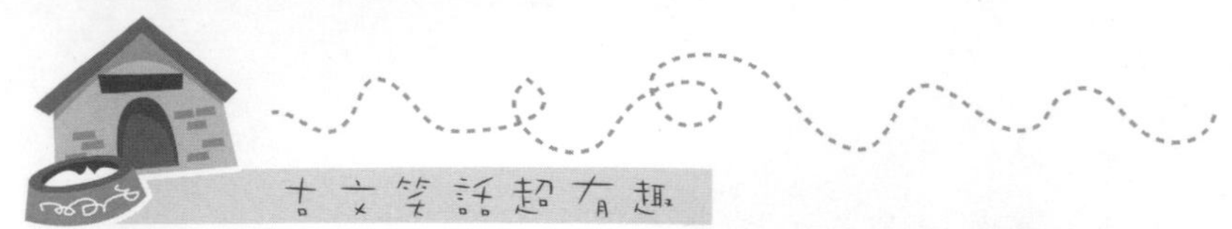

生活體驗營

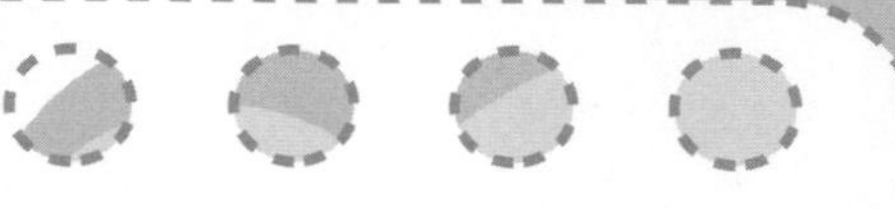

小朋友可參考下列題目的角度或自己從故事裡面找幾個焦點，看一看、想一想、演一演，體驗一下不同的情境，讓頭腦觸電發光。

■ 請小朋友去圖書館找資料，試著了解盤古是誰？

■ 買桃子時研究一下蟠桃的口味，問一下小販蟠桃收成容易嗎？

塗丫故事園

讀了這個小故事，要請小朋友嘗試把故事畫出來。小朋友可以嘗試利用各種材料如樹葉、碎布、剪紙等來構成畫面，愛怎麼畫就怎麼畫，不必畫得像、也不必畫得精細，只要能重說一次故事，就是最有意思的畫。

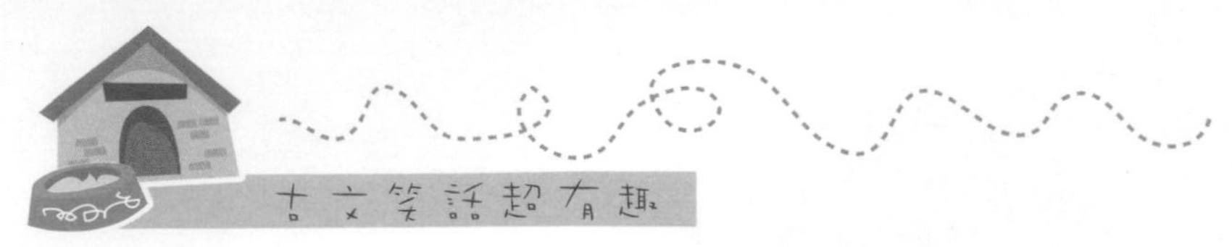

原文欣賞

嘗有三老人相遇，或問之年。一人曰：「吾年不可記，但憶少年時與盤古有舊。」一人曰：「海水變桑田，吾輒下一籌；爾來吾籌已滿十間屋。」一人曰：「吾所食蟠桃，棄其核於崑崙山下，今已與崑崙山齊矣。」

以余觀之，三子者，與蜉蝣朝菌，何以異哉？

【東坡志林】

文字妙迷宮

仔細觀察左右兩邊的文字，有何相似關聯的地方？

並用→把相關的字連起來。

關ㄍㄨㄢ 於ㄩˊ 時ㄕˊ 間ㄐㄧㄢ

關ㄍㄨㄢ 於ㄩˊ 東ㄉㄨㄥ 西˙ㄒㄧ

記ㄐㄧˋ 憶ㄧˋ

年ㄋㄧㄢˊ

籌ㄔㄡˊ

蟠ㄆㄢˊ 桃ㄊㄠˊ 核ㄏㄜˊ

滄ㄘㄤ 海ㄏㄞˇ 桑ㄙㄤ 田ㄊㄧㄢˊ

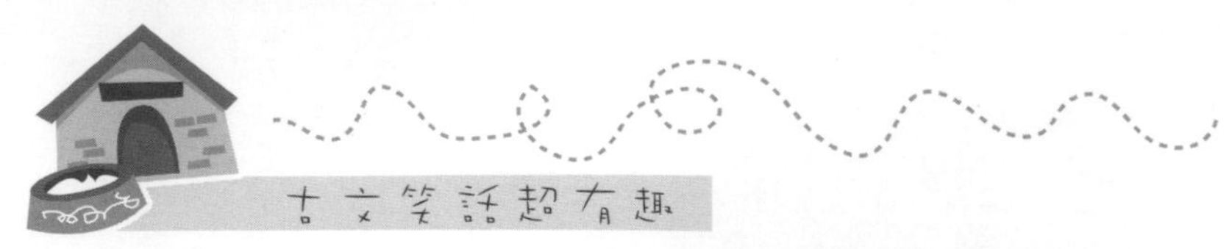

語文小廚房

下面的問題，小朋友可自由發揮，也可從內文裡找答案寫出短句，只要通順有理就算對。淺字部分是參考，可當它是空白，直接在上面寫下短句。

問：你覺得這三個老人在比什麼？

答：比誰的年紀大、誰的見識廣，後來愈比愈誇張了。

問：這三個老人讓我想起「榓風」的形容詞，小朋友你還想到哪些形容詞呢？

答：吹牛、膨漲自己、口若懸河。

問：你身邊有這種人嗎？你覺得這種人好還是不好？

答：我有一位同學喜歡吹牛，有一次他說在廁所遇到鬼，那鬼請他吃糖，他不敢吃，我們知道他又在吹牛，當作笑話聽就好了，這種人喜歡被注意，沒什麼不好。

換我說故事

請利用短文裡的字造詞、造句，試著將句子拉長，寫出故事大意，這些大意就是你說故事的腳本。（請參考淺字部分）

例一、老＼老人＼有三個老人相遇，互相打招呼。

例二、舊＼舊識＼有一個老人說盤古是他的舊識。

例三、棄＼丟棄＼老人把蟠桃核丟在崑崙山下。

請將前面所造之句組成故事大意，現在，換你來說故事：

有三個老人相遇互相打招呼，客氣的問起年齡，一個說他已忘了自己幾歲，只記得年少時和開天的盤古是舊識；另一位老人說每次海水變成田時，他就丟一根竹子做記號，那竹子已堆滿十個房子；最後一位老人說他每次吃蟠桃都把核丟在崑崙山下，那些核已和崑崙山一般高了。

No.12

偷畫

在一個大白天，有一個人進入別人的家偷畫，他正捲好畫軸要離開，碰巧主人從外頭回來，這個賊很糗，就拿著畫跪在地上，告訴主人說：「這是我家祖先的畫像，因爲我窮得沒

辦法，想以畫像換點米糧。」

主人聽了很不屑的大笑，笑那人的笨主意，揮揮手叫他走，連看一眼那畫都不願意，等小偷走了，主人進入大廳，才發現家中一幅趙子昂的名畫不見了。

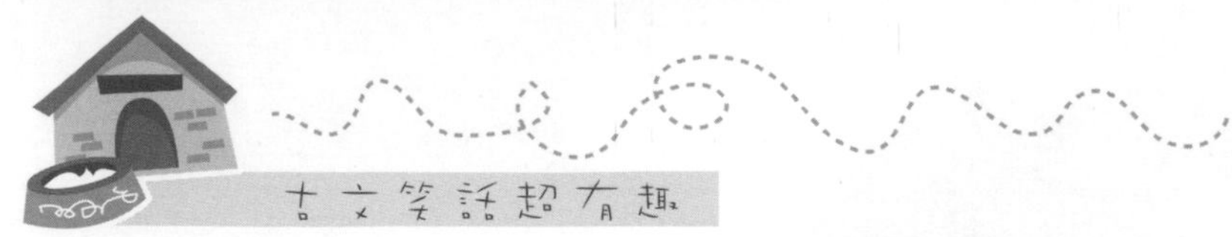

生活體驗營

小朋友可參考下列題目的角度或自己從故事裡面找幾個焦點，看一看、想一想、演一演，體驗一下不同的情境，讓頭腦觸電發光。

■ 請爸爸、媽媽帶你去故宮博物院看畫，試著了解古時候的畫為何可以捲起來？

■ 請小朋友去找資料，找出趙子昂是哪個朝代的畫家？

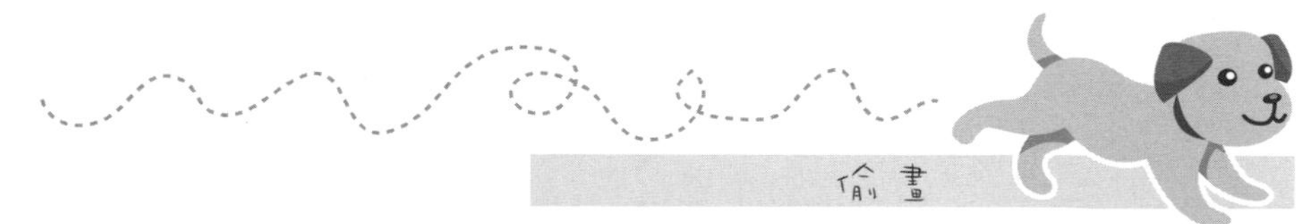

塗ㄚ故事園

讀了這個小故事，要請小朋友嘗試把故事畫出來。小朋友可以嘗試利用各種材料如樹葉、碎布、剪紙等來構成畫面，愛怎麼畫就怎麼畫，不必畫得像、也不必畫得精細，只要能重說一次故事，就是最有意思的畫。

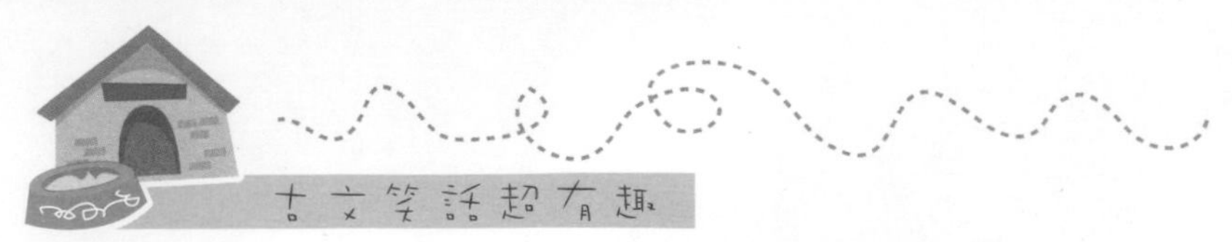

原文欣賞

有白日入人家偷畫者，方捲出門，主人自外歸，賊窘，持畫而跪，曰：「此小人家外祖像也。窮極無奈，願以易米數斗。」

主人大笑，嗤其愚妄，揮斥之去，竟不取視。登堂，則所懸趙子昂畫失矣。

【子不語】

文字妙迷宮

仔細觀察左右兩邊的文字，有何相似關聯的地方？

並用→把相關的字連起來。

主人 → 揮斥

窘

大笑

偷畫者

窮

嗤之以鼻

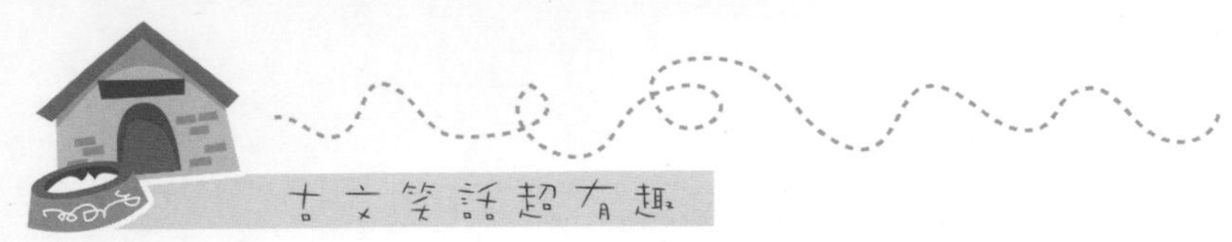

語文小廚房

下面的問題，小朋友可自由發揮，也可從內文裡找答案寫出短句，只要通順有理就算對。淺字部分是參考，可當它是空白，直接在上面寫下短句。

問：故事裡的小偷不只偷東西，他還做了什麼？

答：他還說謊，因為被主人發現了就編一個謊言脫身，主人竟然沒有察覺，我想小偷是正好走到屋門口了吧？不然就是主人太糊塗。

問：主人受騙，應怪誰？

答：當然是怪主人自己了，他為什麼不關門？他為什麼不看一下那闖空門者手中的畫？他如果有同情心想買畫，可以看一下，不就發現了嗎？

問：給小偷和主人各一個形容詞，形容他們的性格，然後簡單說一次故事。

答：急中生智的小偷，得意忘形的主人。

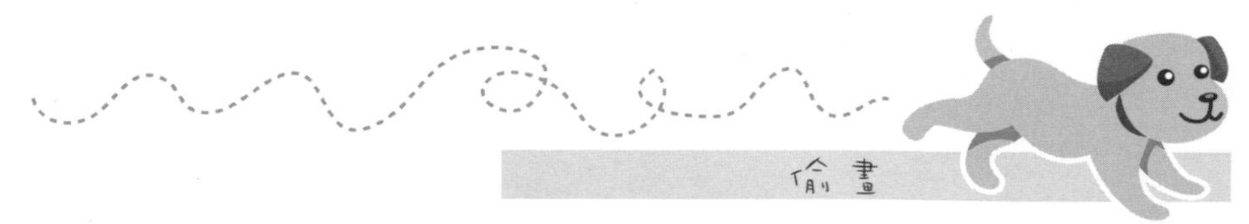

換我說故事

請利用短文裡的字造詞、造句，試著將句子拉長，寫出故事大意，這些大意就是你說故事的腳本。（請參考淺字部分）

例一、偷＼小偷＼有一個小偷大白天去偷東西。

例二、嗤＼嗤之以鼻＼主人對小偷的請求嗤之以鼻。

請將前面所造之句組成故事大意，現在，換你來說故事：

有一個人大白天進入人家屋內偷畫，正當捲好畫作要離開，卻遇到主人回來了，小偷不知怎麼辦好，就拿著畫跪著向主人說：「這是我家祖先的畫像，因為我窮得過不下去了，想把祖先的畫和你換幾斗米。」主人很瞧不起他，笑一笑，並且叫他走，也沒想到把那畫拿來看一看，等小偷走了，主人走進大廳，才發現掛在牆上的一幅趙子昂的畫不見了。

No.13

牧豎

有兩個牧童上山找到狼穴，發現穴裡有兩隻小狼，兩個人說好一人捉一隻，各自爬到樹上，而這兩棵樹只有十多步的距離。

不一會兒，大狼回來進入穴裡找不到小狼，很慌張的跑出來，一個牧童就扭小狼的耳朵故意讓小狼哀嚎，大狼聽到了抬頭看，氣急了跑到那棵樹下，又抓又叫又爬；另一棵樹上的牧童又在那頭扭痛小狼，另一頭小狼叫得更淒慘，大狼停止原先的動作，四處張望，看到另一棵樹上的小狼也在哀嚎，於是跑向另一棵樹，仍然是又叫又捉又爬的想要救樹上的小

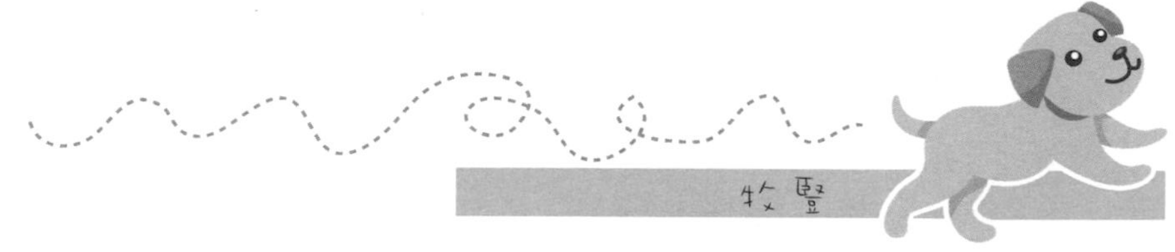

狼。但是，對面那棵樹的牧童又重覆扭疼小狼，大狼又跑回去。

就這樣，大狼不停的叫，腳不停的跑，來回於兩棵樹之間，幾十趟下來，聲音愈來愈虛弱，動作愈來愈慢，最後倒在地上奄奄一息，很久都不動了，牧童才爬下樹檢查，發現大狼死掉很久了。

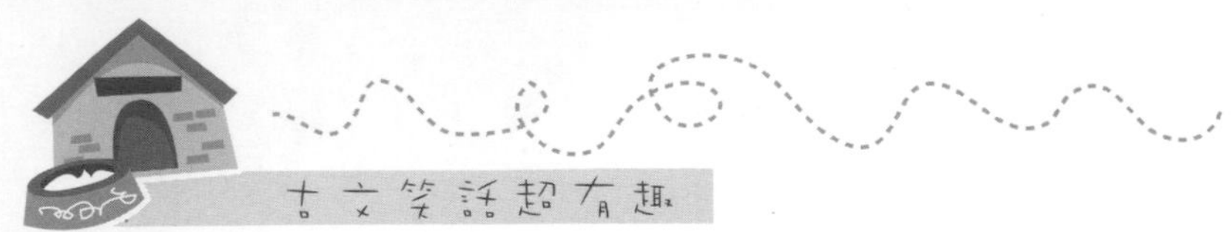

生活體驗營

小朋友可參考下列題目的角度或自己從故事裡面找幾個焦點，看一看、想一想、演一演，體驗一下不同的情境，讓頭腦觸電發光。

■ 小朋友請試著比較狼和狗相同和不同的地方。

____

____

____

■ 試著比較這個故事中大狼和人類母親，這兩種角色有何關連性。

____

____

____

____

塗丫故事園

讀了這個小故事，要請小朋友嘗試把故事畫出來。小朋友可以嘗試利用各種材料如樹葉、碎布、剪紙等來構成畫面，愛怎麼畫就怎麼畫，不必畫得像、也不必畫得精細，只要能重說一次故事，就是最有意思的畫。

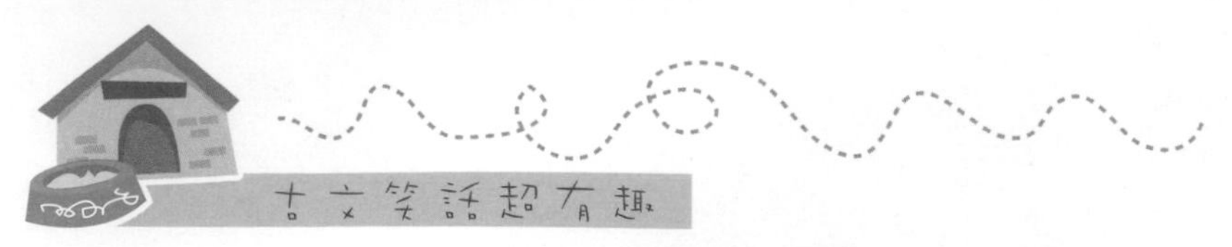

原文欣賞

兩牧豎入山至狼穴，穴有小狼二，謀分捉之。各登一樹，相去數十步。

少頃，大狼至，入穴失子，意甚倉皇。豎於樹上扭小狼耳故令狼嗥；大狼聞聲仰視，怒奔樹下，嗥且爬抓。其一豎又在彼樹致小狼鳴急；狼輟聲四顧，始望見之，乃捨此而趨彼，跑號如前狀。前樹又鳴，又轉奔之。

口無停聲，足無停趾，數十往復，奔漸遲，聲漸弱，繼而奄奄僵臥，久之不動。

豎下視之，氣已絕矣！

【聊齋誌異】

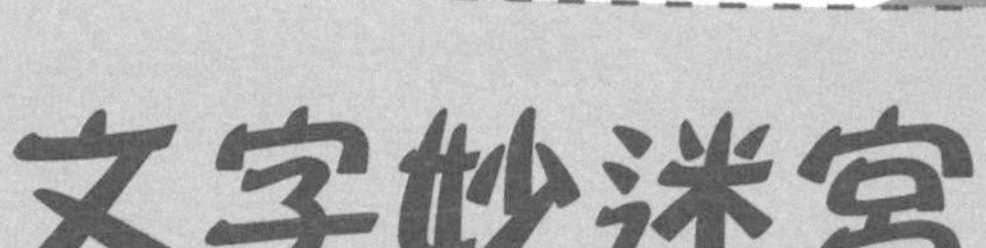

仔細觀察左右兩邊的文字，

有何相似關聯的地方？

並用→把相關的字連起來。

謀

號

登樹

狼

嗥

牧童 → 登樹

跑奔

扭

鳴

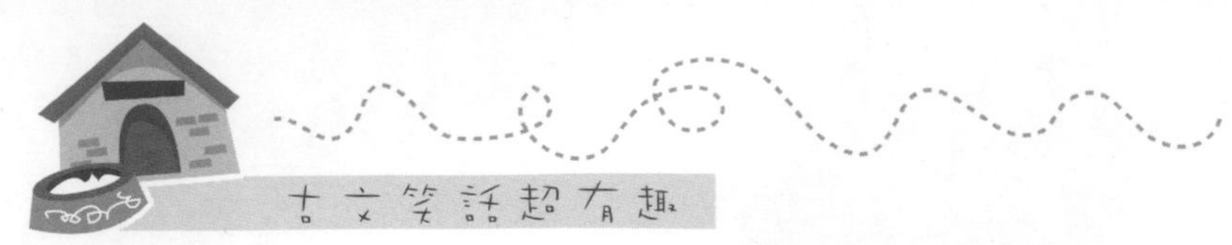

語文小廚房

下面的問題，小朋友可自由發揮，也可從內文裡找答案寫出短句，只要通順有理就算對。淺字部分是參考，可當它是空白，直接在上面寫下短句。

問：故事裡兩個牧童的行為，你如何形容？

答：他們分工合作抓狼，可說是合作無間，也可說是狼狽為奸。

問：故事裡狼的反應，試著用你能懂的語言去形容？

答：我想起狼被人形容為狼心，但再狼心的狼仍有母愛，故事裡的母狼因狠不下心放下兩隻小狼的安危，最後是疲於奔命而死亡。

問：人和狼的行為，有沒有讓你意外的地方？試以你所知狼的習性來比較和思考。

答：人比狼聰明，但狼的母愛和人的母愛應是一樣的，人總是罵一起做壞事的人狼狽為奸，但我會覺得人有時比狼還殘忍，沒有良心。

換我說故事

請利用短文裡的字造詞、造句，試著將句子拉長，寫出故事大意，這些大意就是你說故事的腳本。（請參考淺字部分）

例一、牧＼牧童＼有兩個牧童到山裡捉小狼。

例二、號＼哀號＼他們輪流虐待小狼，故意讓小狼哀號。

請將前面所造之句組成故事大意，現在，換你來說故事：

有兩個牧童在山裡找到了狼的窩，發現兩隻小狼，兩人各抱走一隻，分別爬上狼窩附近的樹上，這兩棵樹的距離只有幾十步，母狼發現小狼不見了就很著急的找，這時兩個牧童就故意輪流虐待小狼，讓母狼在兩棵樹下跑來跑去，又叫又抓的，最後累死在樹下。

No.14

鄭人之學

鄭國有一個身分卑微的人，因為想要學一技之長，就去和人家學搭雨棚，三年後學會了卻遇到大旱災，沒有人須要他去搭雨棚，於是他放棄了搭雨棚的工作，再去學做打水的器具；又學了三年才會，但卻遇到水災，人們不須要打水的器具，他想那只好回去做搭雨棚的工作。

不久，天下大亂盜賊四起，人們都去從軍，搭雨棚又成了不受重視的工作，他想那就去做和軍人有關的事，但是年齡已經不小了。

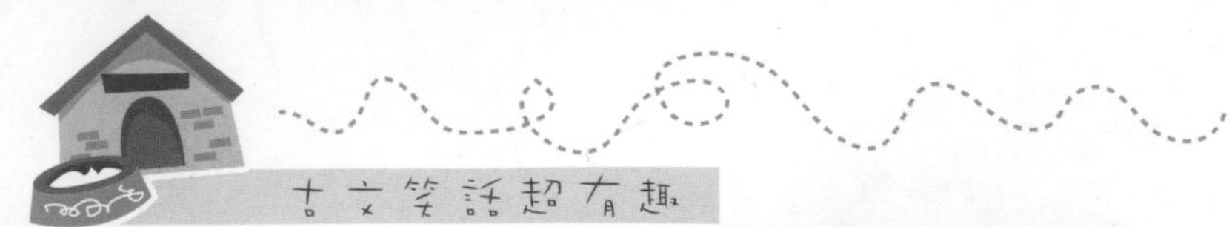

生活體驗營

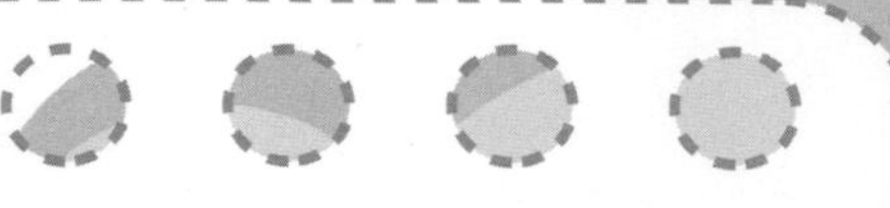

小朋友可參考下列題目的角度或自己從故事裡面找幾個焦點，看一看、想一想、演一演，體驗一下不同的情境，讓頭腦觸電發光。

■ 有機會請爸爸、媽媽或老師帶你去參觀自來水博物館，試著了解水如何存儲和如何取得，思考它們帶給生活的方便。

___

___

___

■ 小朋友請試著舉出幾樣東西是旱災和水災時都用得著的。

___

___

___

塗丫故事園

讀了這個小故事，要請小朋友嘗試把故事畫出來。小朋友可以嘗試利用各種材料如樹葉、碎布、剪紙等來構成畫面，愛怎麼畫就怎麼畫，不必畫得像、也不必畫得精細，只要能重說一次故事，就是最有意思的畫。

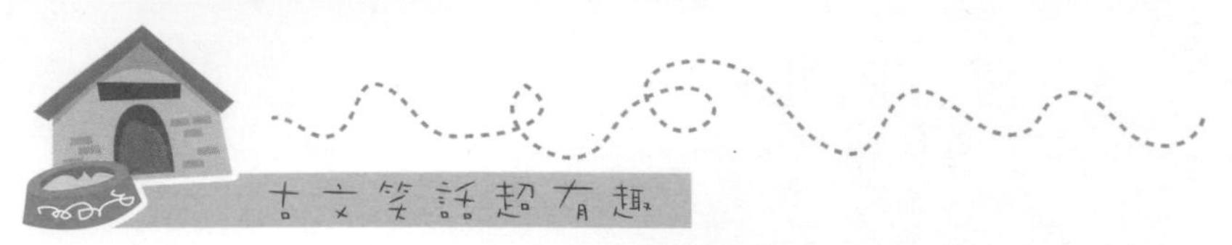

原文欣賞

鄭之鄙人學爲蓋，三年藝成而大旱，蓋無所用，乃棄而爲桔槔。

又三年藝成而大雨，桔槔無所用，則又還爲蓋焉。

未幾而盜起，民盡改戎服，鮮有用蓋者。欲學爲兵，則老矣。

【郁離子、劉基】

文字妙迷宮

仔細觀察左右兩邊的文字，有何相似關聯的地方？

並用→把相關的字連起來。

蓋ㄍㄞˋ　　　　旱ㄏㄢˋ

兵ㄅㄧㄥ　　　　雨ㄩˇ

桔ㄐㄧㄝˊ 槔ㄍㄠ　　　　盜ㄉㄠˋ

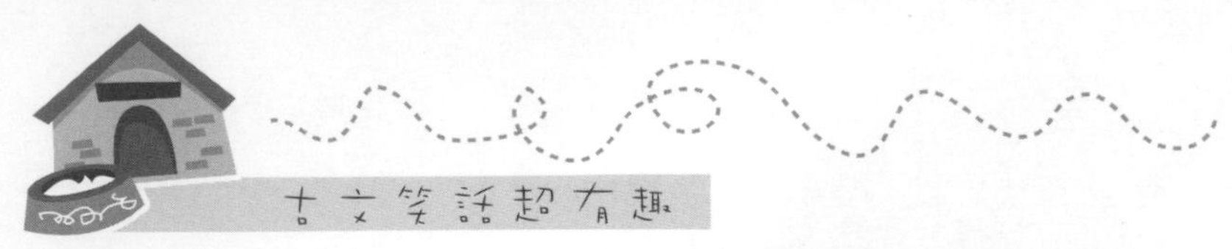

語文小廚房

下面的問題，小朋友可自由發揮，也可從內文裡找答案寫出短句，只要通順有理就算對。淺字部分是參考，可當它是空白，直接在上面寫下短句。

問：鄭人學什麼都很認真，但是忽略了什麼？

答：鄭人不是一個聰明的人，他的反應太慢，又缺乏長遠的打算。

問：故事裡的「蓋」和天氣有何關係？「桔槔」和天氣又有何關係？

答：從故事判斷，蓋是大旱用不著的，那就是遮掩的雨棚或雨帽。雨天用不著的桔槔，應是用來取水的器具。

問：鄭人的故事可以警惕我們什麼？

答：學東西如果是為了生活，就要有長遠的眼光，追流行是沒有用的。我們老是看人家學什麼就跟著學什麼，深怕輸在起跑點，其實，順其自然比較好。

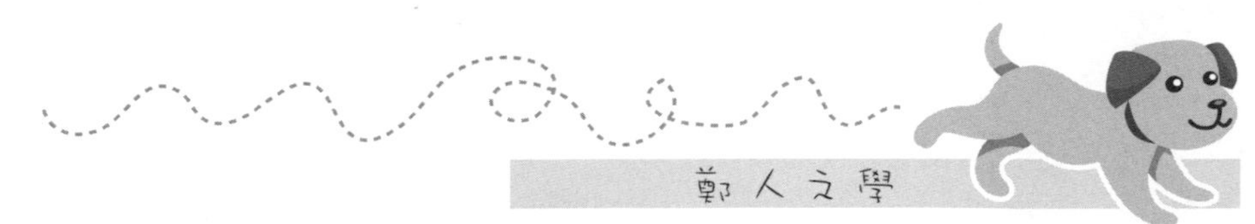

換我說故事

請利用短文裡的字造詞、造句，試著將句子拉長，寫出故事大意，這些大意就是你說故事的腳本。（請參考淺字部分）

例一、學＼學會＼他拜師學作雨棚，學了三年才學會。

例二、盜＼盜匪＼社會混亂到處是盜匪，大家都去當兵了。

請將前面所造之句組成故事大意，現在，換你來說故事：

鄭國有一個不怎麼聰明的人，他拜師學作雨棚，學了三年才學會，學會之後正好遇到天氣乾旱，雨棚的生意很不好，他又去學做木桶，心想乾旱時大家都要儲水，又過了三年學會了作木桶，但又遇到水災，也沒人須要木桶打水。沒多久社會混亂到處是盜匪，大家又都去當兵了，都穿兵服，他也想跟著去當兵，但是已經太老了。

No.15

萬字信

有一個人寫信用詞非常繁複冗長，嘮嘮叨叨個不停，朋友勸他說：「老兄你的文筆不錯，只要改掉囉嗦的毛病就更好了，以後寫信要簡單扼要。」那人唯唯諾諾的說會照辦。

沒想到後來又寫信向朋友致謝。「上一次承蒙你指教我非常感謝，從今以後我万万再也不敢囉嗦一大堆，擔誤你的時間。」他於「万」字旁邊又註明：「這個『万』是『方』字上面沒有點的『万』，是『萬』的簡寫，我本來要恭敬的寫有草字頭的『萬』字，但因爲太匆忙來不及寫有草字頭的『萬』，只好草草的寫個簡字，還要請你原諒！」

万
万
万
万
万
万
万
万
万

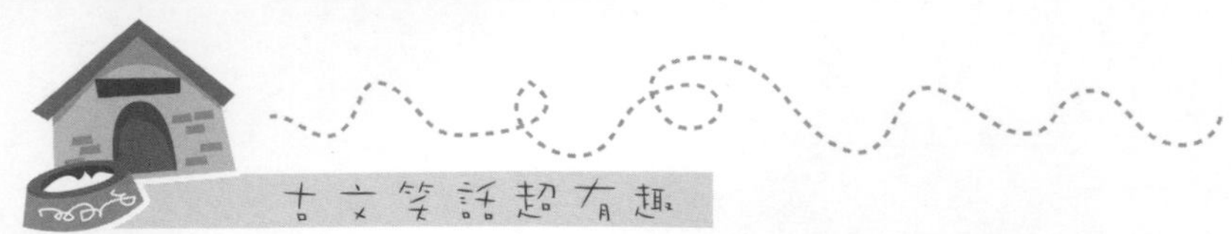

生活體驗營

小朋友可參考下列題目的角度或自己從故事裡面找幾個焦點，看一看、想一想、演一演，體驗一下不同的情境，讓頭腦觸電發光。

■ 小朋友請試著練習寫信給朋友。

■ 小朋友請試想你有那些毛病和故事裡的人類似？

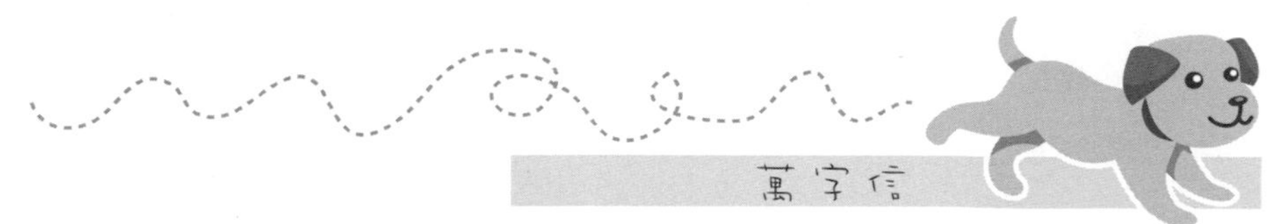

塗丫故事園

讀了這個小故事，要請小朋友嘗試把故事畫出來。小朋友可以嘗試利用各種材料如樹葉、碎布、剪紙等來構成畫面，愛怎麼畫就怎麼畫，不必畫得像、也不必畫得精細，只要能重說一次故事，就是最有意思的畫。

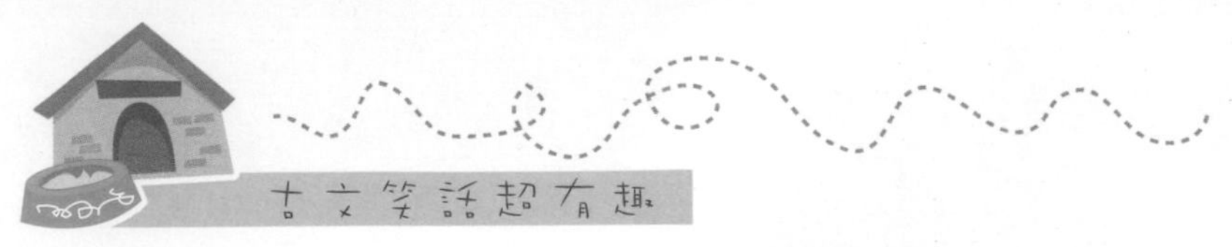

原文欣賞

一人寫信，言重詞複，瑣瑣不休，友人勸之曰：「吾兄筆墨確佳，惟有繁言贅語宜去。以後寫信，言簡而賅可也。」其人唯唯遵命。

後又致信此友曰：「前承雅教，感佩良深，從此丂不敢再繁言上瀆清聽。」另於丂字旁注之曰：「此丂字乃方字無點之丂字，是簡筆之萬字也。本欲恭書草頭大寫之『萬』字，因匆匆未及大寫草頭之『萬』字，草草不恭，尚祈恕罪。」

【嘻談錄】

仔細觀察左右兩邊的文字，有何相似關聯的地方？

並用→把相關的字連起來。

左	右
言簡意賅	簡筆
	瑣瑣不休
萬	繁言贅語
言繁詞複	万

萬 → 万

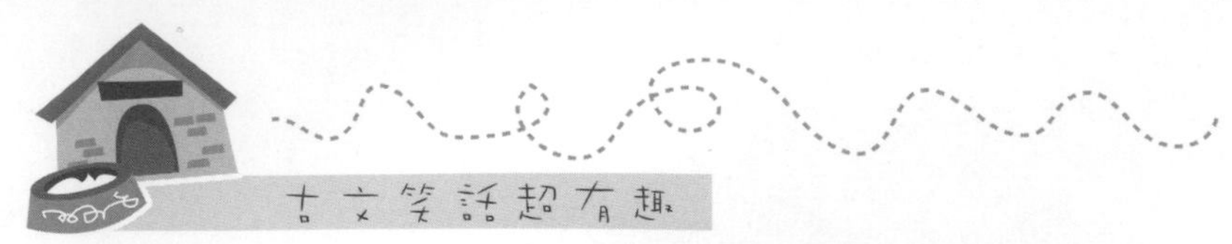

語文小廚房

下面的問題，小朋友可自由發揮，也可從內文裡找答案寫出短句，只要通順有理就算對。淺字部分是參考，可當它是空白，直接在上面寫下短句。

問：故事裡寫信的那個人接受勸告了嗎？

答：沒有，他表面上說謝謝指教，但又很囉嗦的寫了一大堆解釋。

問：寫信的那個人，為什麼沒有改掉毛病？

答：他喜歡舞文弄墨吧？或者，他真的一時改不掉毛病，多提醒幾次才有用。

問：試著找出和「言簡意賅」相反的形容詞至少三個？

答：言重詞複、瑣瑣不休、繁言贅語。

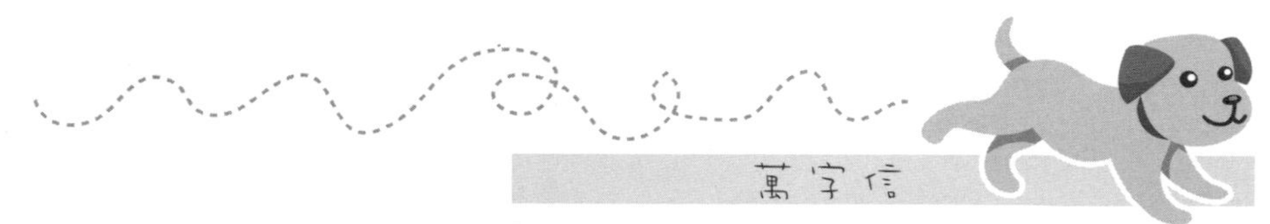

換我說故事

請利用短文裡的字造詞、造句，試著將句子拉長，寫出故事大意，這些大意就是你說故事的腳本。（請參考淺字部分）

例一、信＼寫信＼有一個人寫信很囉嗦。

例二、言＼三言兩語＼三言兩語可以說清楚的，他總是長篇大論的說不到重點。

請將前面所造之句組成故事大意，現在，換你來說故事：

有一個人寫信很囉嗦，三言兩語可以說清楚的，他總是長篇大論的說不到重點。朋友寫信勸他以後別再這樣了，他回信說謝謝指教，隨後又長篇大論的解釋一個字的兩種寫法。一時還是改不了老毛病。

No.16

浴屎

燕國有一個人名叫李季，他喜歡出遠門去玩。太太和一個讀書人私通，一天李季突然回家，那個讀書人正在太太房內，李季的太太正擔心怎麼辦？家裡的其他女人建議：「你快叫公子脫光，披頭散髮跑出去，我們都裝作沒看到。」那公子照辦，急忙的跑走了。

李季問家人：「那是誰？」家人都說：「沒看到什麼啊？」李季以為自己看到鬼了，家人就說：「你看到鬼了，快去找五種牲畜的糞便洗身體，這樣可以避邪。」李季照著做，眞的用牲畜的大便洗身體。

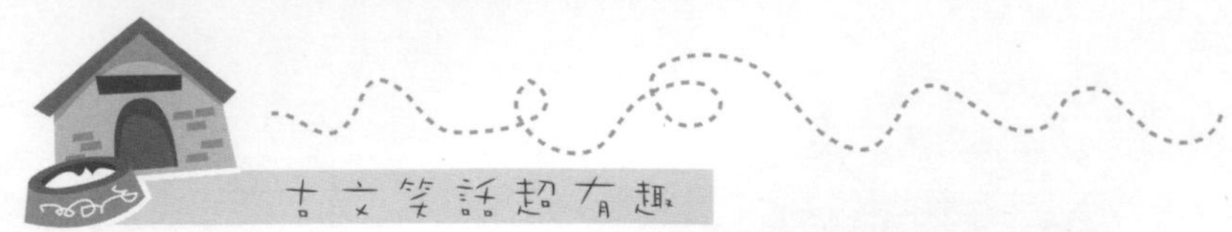

生活體驗營

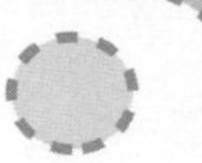

小朋友可參考下列題目的角度或自己從故事裡面找幾個焦點，看一看、想一想、演一演，體驗一下不同的情境，讓頭腦觸電發光。

■ 小朋友你知道哪些牲畜的糞便比較不臭？為什麼？

■ 小朋友請試著記錄你的飲食和排便的狀況。

塗丫故事園

讀了這個小故事，要請小朋友嘗試把故事畫出來。小朋友可以嘗試利用各種材料如樹葉、碎布、剪紙等來構成畫面，愛怎麼畫就怎麼畫，不必畫得像、也不必畫得精細，只要能重說一次故事，就是最有意思的畫。

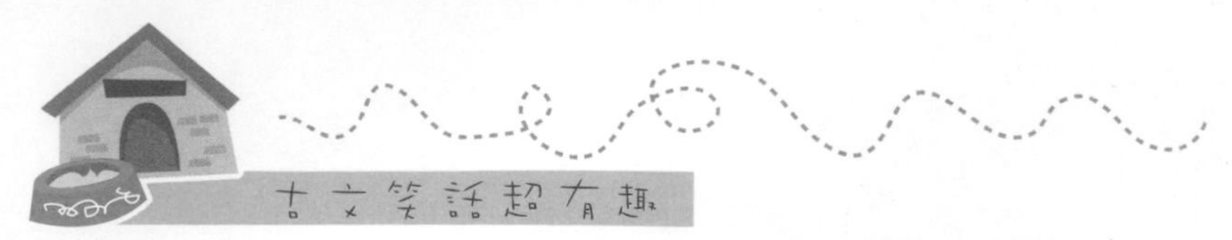

原文欣賞

燕人李季好遠出，有妻私通於士，季突至，士在內中，妻患之。

其室婦曰：「令公子裸而解髮直出門，吾屬佯不見也。」於是公子從其計，疾走出門。

季曰：「是何人也？」家室皆曰：「無有。」季曰：「吾見鬼乎？」婦人曰：「然。」「爲之奈何？」曰：「取五牲之屎浴之。」季曰：「諾。」

乃浴以屎。

【韓非子・內儲說下】

文字妙迷宮

仔細觀察左右兩邊的文字，有何相似關聯的地方？

並用→把相關的字連起來。

佯ㄧㄤˊ不ㄅㄨˋ見ㄐㄧㄢˋ

李ㄌㄧˇ 季ㄐㄧˋ

浴ㄩˋ屎ㄕˇ

婦ㄈㄨˋ 人ㄖㄣˊ → 私ㄙ通ㄊㄨㄥ於ㄩˊ士ㄕˋ

好ㄏㄠˇ遠ㄩㄢˇ出ㄔㄨ

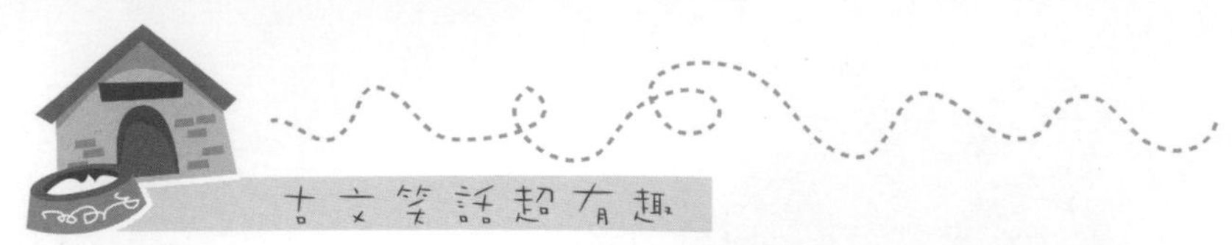

語文小廚房

下面的問題，小朋友可自由發揮，也可從內文裡找答案寫出短句，只要通順有理就算對。淺字部分是參考，可當它是空白，直接在上面寫下短句。

問：你會用「浴」這個字造詞造句嗎？試著一字造三詞，三詞串一句。

答：浴血、浴室、浴池。

有一個人在浴室裡洗臉，突然臉盆爆炸，他受了一點小傷，還慶幸不是浴池爆炸，要不然就浴血了。

問：故事裡的李季為什麼被玩弄？試想至少三個理由。

答：一、李季喜歡自己出去玩，太少回家。

二、古時候的男人不只一個老婆，李季的妻妾想趁機教訓李季。

三、李季是個沒有自信的人，不相信自己看到的。

換我說故事

請利用短文裡的字造詞、造句，試著將句子拉長，寫出故事大意，這些大意就是你說故事的腳本。（請參考淺字部分）

例一、遠＼出遠門＼李季經常自己出遠門，放著家裡妻妾不照顧。

例二、突＼突然＼李季突然回家，妻子叫情人躲在房內。

請將前面所造之句組成故事大意，現在，換你來說故事：

李季經常自己出遠門，放著家裡妻妾不照顧，妻子和別人私通，有一次，李季突然回家，妻子叫情人躲在房內。其他的三姑六婆出了一個主意，叫那位男人披頭散髮、衣服脫光衝出房間，然後大家假裝沒看到。

結果李季以為自己看到鬼，還聽那些女人的勸告用動物的糞便沖澡，以為可以避邪。

No.17

魯人徙越

魯國有一個很會編織草鞋的人， 他的太太會織帽子， 兩人想到越國去。

有人告訴他： 「 你到越國去會變窮。 因爲鞋子是用來穿的， 越國人都打赤腳不穿鞋， 帽子是用來戴的， 越國人都披長髮不戴帽， 以你們的專長去不需要鞋帽的國家， 你能不窮嗎？ 」

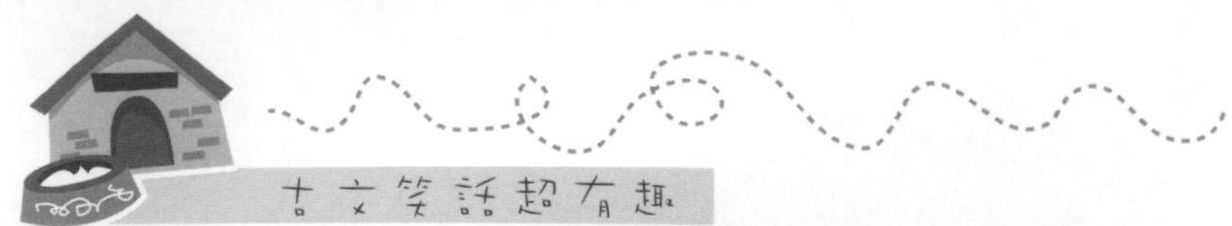

生活體驗營

小朋友可參考下列題目的角度或自己從故事裡面找幾個焦點，看一看、想一想、演一演，體驗一下不同的情境，讓頭腦觸電發光。

■ 小朋友請試著想一想，有哪些配件可以和鞋帽搭配成套的？

■ 小朋友你喜歡什麼樣式的鞋子呢？

塗丫故事園

讀了這個小故事，要請小朋友嘗試把故事畫出來。小朋友可以嘗試利用各種材料如樹葉、碎布、剪紙等來構成畫面，愛怎麼畫就怎麼畫，不必畫得像、也不必畫得精細，只要能重說一次故事，就是最有意思的畫。

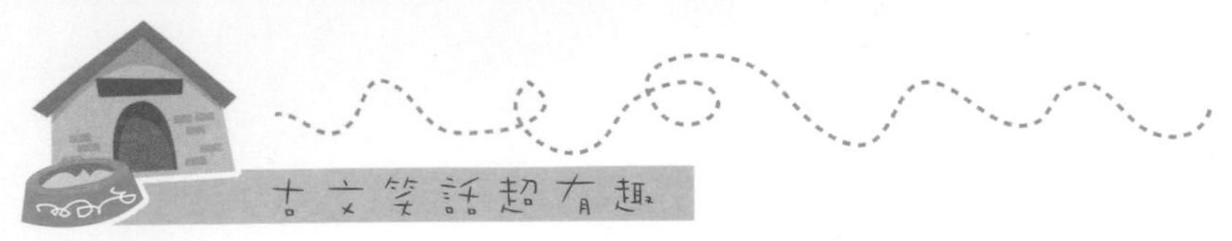

原文欣賞

魯人身善織屨，妻善織縞，而欲徙於越。

或謂之曰：「子必窮矣！」魯人曰：「何也？」

曰：「屨爲履之也，而越人跣行；縞爲冠之也，而越人被髮。以子之所長，遊於不用之國，欲使無窮，其可得乎？」

【韓非子・說林上】

文字妙迷宮

仔細觀察左右兩邊的文字，有何相似關聯的地方？

並用→把相關的字連起來。

跣ㄒㄧㄢˇ足ㄗㄨˊ

遊ㄧㄡˊ

關ㄍㄨㄢ 於ㄩˊ 頭ㄊㄡˊ

冠ㄍㄨㄢˋ

徙ㄒㄧˇ

關ㄍㄨㄢ 於ㄩˊ 腳ㄐㄧㄠˇ → 徙

屨ㄐㄩˋ

縞ㄍㄠˇ

被ㄆㄧ 髮ㄈㄚˇ

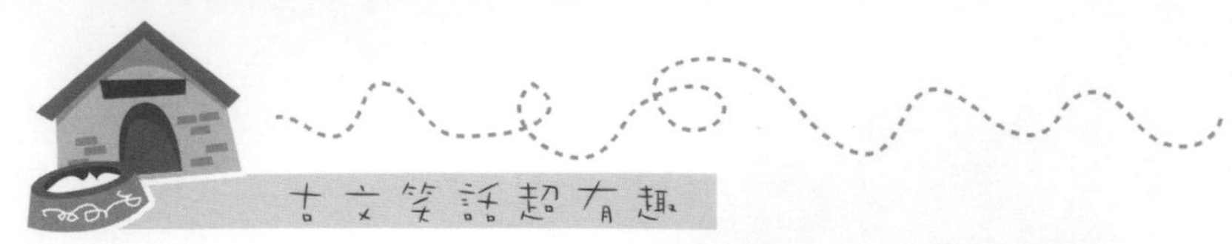

語文小廚房

下面的問題，小朋友可自由發揮，也可從內文裡找答案寫出短句，只要通順有理就算對。淺字部分是參考，可當它是空白，直接在上面寫下短句。

問：試用你的了解說明「屨」和「履」的關係，「縞」和「冠」的關係。

答：屨是鞋子，履是穿鞋。縞是頭上用的布巾或布帽，冠是戴帽子。

問：故事裡和腳有關的字有那些？請至少找出三個以上。

答：屨、履、徙、跣。

問：你覺得魯人應該聽朋友的勸告不去越國嗎？

答：我覺得魯人更應該去越國，雖然越國人不戴帽、不穿鞋，魯人正好去改變他們的習慣，越國是一個大市場。

換我說故事

請利用短文裡的字造詞、造句，試著將句子拉長，寫出故事大意，這些大意就是你說故事的腳本。（請參考淺字部分）

例一、織＼織鞋子＼魯國有一個人很會織鞋子。

例二、長＼專長＼他們的專長沒有得到發揮。

請將前面所造之句組成故事大意，現在，換你來說故事：

　　魯國有一個人很會織鞋子，他的妻子很會織頭飾，兩人想離開魯國到越國發展，可以賣布鞋和頭巾謀生。但是有人告訴他們，越國人都打赤腳，而且披頭散髮不綁頭巾，去越國將無以維生。

No.18

好獵者

齊國有一個喜歡打獵的人，花了很多時間都沒獵到一隻野生動物，回家覺得愧對家人，出外覺得愧對親友。

他想了想打獵無所獲的原因，是獵狗不好，想要擁有一隻好的獵狗，但是家窮買不起。於是他就努力種田，累積收成致富，再去買一隻好的獵狗。果然好的獵狗讓他有所獲，此後，他再也不會空手而回，收穫常是最豐富的。

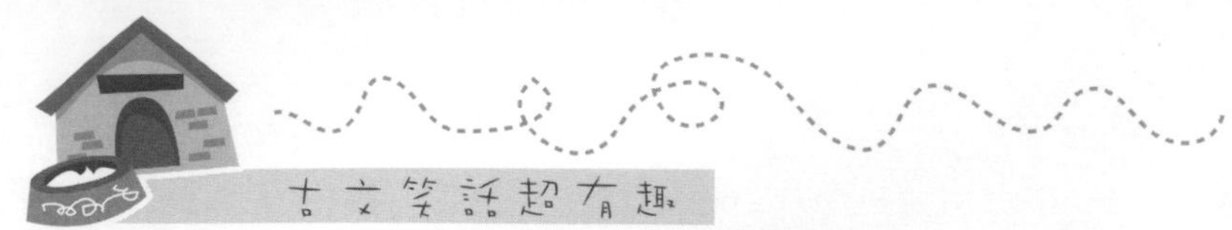

生活體驗營

小朋友可參考下列題目的角度或自己從故事裡面找幾個焦點，看一看、想一想、演一演，體驗一下不同的情境，讓頭腦觸電發光。

■ 小朋友請到寵物店了解狗有哪些品種，哪些狗又善於打獵？

____

____

____

____

■ 獵狗靠什麼專長幫主人打獵？海關用來追捕人的狗是獵狗嗎？

____

____

____

塗丫故事園

讀了這個小故事，要請小朋友嘗試把故事畫出來。小朋友可以嘗試利用各種材料如樹葉、碎布、剪紙等來構成畫面，愛怎麼畫就怎麼畫，不必畫得像、也不必畫得精細，只要能重說一次故事，就是最有意思的畫。

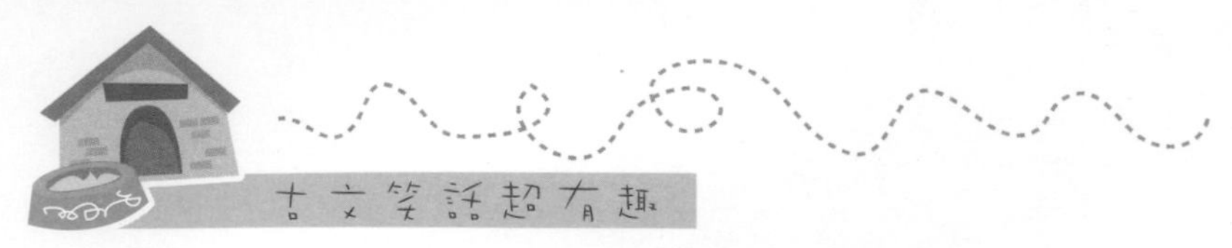

原文欣賞

齊人有好獵者，曠日持久而不得獸，入則愧其家室，出則愧其知友州里。

惟其所以不得之故，則狗惡也。欲得良狗，則家貧無以。

於是還疾耕。疾耕則家富，家富則有以求良狗，狗良則數得獸矣，田獵之獲常過人矣。

【呂氏春秋・不苟言】

文字妙迷宮

仔細觀察左右兩邊的文字，有何相似關聯的地方？

並用→把相關的字連起來。

好ㄏㄠˋ 獵ㄌㄧㄝˋ 者ㄓㄜˇ

良ㄌㄧㄤˊ 狗ㄍㄡˇ

狗ㄍㄡˇ 惡ㄜˋ

不ㄅㄨˋ 得ㄉㄜˊ 獸ㄕㄡˋ

家ㄐㄧㄚ 富ㄈㄨˋ

家ㄐㄧㄚ 貧ㄆㄧㄣˊ

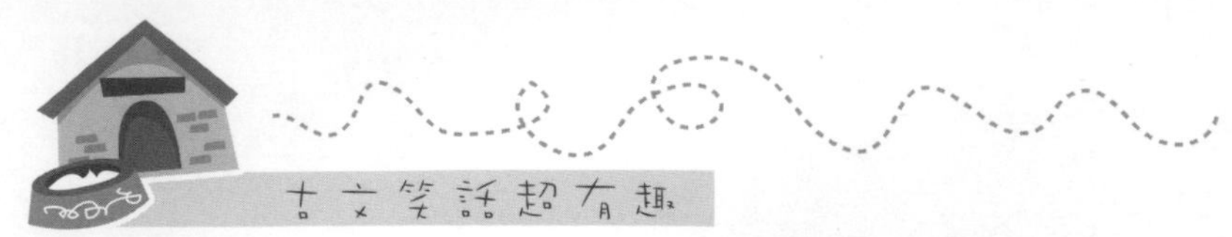

語文小廚房

下面的問題，小朋友可自由發揮，也可從內文裡找答案寫出短句，只要通順有理就算對。淺字部分是參考，可當它是空白，直接在上面寫下短句。

問：請試著解釋「好獵」的「好」和「狗惡」的「惡」，並找出文內三套相反詞。

答：好是喜歡和擅長的意思。惡是不好和討厭的意思。
惡與良，貧與富，獲與不得。

問：好獵者為什麼不能發揮打獵的專長？

答：他沒有好的夥伴或用具只是空有本領，幸好他想辦法彌補了這個遺憾。

問：好獵者想出什麼辦法？

答：他先努力耕種，有了錢去買一隻好狗，然後再和這隻好狗一起去打獵，果然就有收穫，不會再愧對家人和朋友了。

換我說故事

請利用短文裡的字造詞、造句，試著將句子拉長，寫出故事大意，這些大意就是你說故事的腳本。（請參考淺字部分）

例一、獵＼打獵＼齊國有一個人很會打獵，但是常常空手而回。

例二、耕＼耕種＼他努力耕種賺了錢去買狗，再帶著好的獵狗去打獵。

請將前面所造之句組成故事大意，現在，換你來說故事：

齊國有一個人很會打獵，但是常常空手而回，他檢討原因是因為沒有好的獵狗相伴，但是家裡太窮買不起好的獵狗，他就努力耕種賺了錢去買狗，再帶著好的獵狗去打獵，果然就比別人收穫多。

我覺得這位獵人很有腦袋，一步一步實現他的計畫，他也很有責任感，對於家人和朋友的眼光很在乎，這是重要的推動力。

相狗

齊國有一個很會選擇好狗的人，他受鄰居拜託要找一隻能捉老鼠的狗。

他替鄰人找到了，說：「這是你要的好狗。」鄰居養了那隻狗好幾年，那狗從來不捉老鼠，於是鄰居向他抱怨。

懂得選擇狗的這個人說：「這是一隻很好的狗，但是牠只捉大型動物像狼、鹿、野豬之類的，對老鼠看不上眼，如果你要牠捉老鼠，就把牠的後腿拴住。」

鄰居把狗拴住後，狗就只好捉老鼠了。

生活體驗營

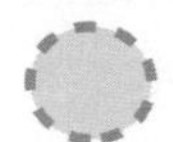

小朋友可參考下列題目的角度或自己從故事裡面找幾個焦點，看一看、想一想、演一演，體驗一下不同的情境，讓頭腦觸電發光。

■ 小動物有表情嗎？請試著從動物的表情去判斷牠們的情緒，而哪些動物是有侵略性的？哪些動物又可以當寵物？

塗丫故事園

讀了這個小故事，要請小朋友嘗試把故事畫出來。小朋友可以嘗試利用各種材料如樹葉、碎布、剪紙等來構成畫面，愛怎麼畫就怎麼畫，不必畫得像、也不必畫得精細，只要能重說一次故事，就是最有意思的畫。

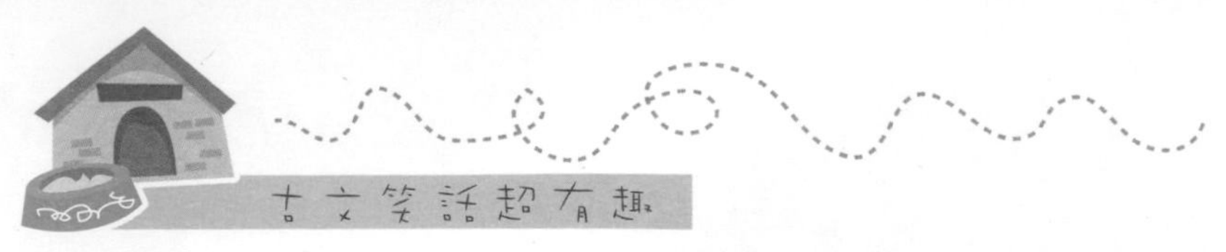

原文欣賞

齊有善相狗者，其鄰假以買取鼠之狗。乃得之，曰：「是良狗也。」其鄰畜之數年，而不取鼠，以告相者。

相者曰：「此良狗也。其志在獐麋豕鹿，不在鼠。欲其取鼠也則桎之。」其鄰桎其後足，狗乃取鼠。

【呂氏春秋．士容論．士容】

仔細觀察左右兩邊的文字，有何相似關聯的地方？

並用→把相關的字連起來。

狗ㄍㄡˇ	麋ㄇㄧˊ
鹿ㄌㄨˋ	獐ㄓㄤ
善ㄕㄢˋ	取ㄑㄩˇ
得ㄉㄜˊ	良ㄌㄤˊ

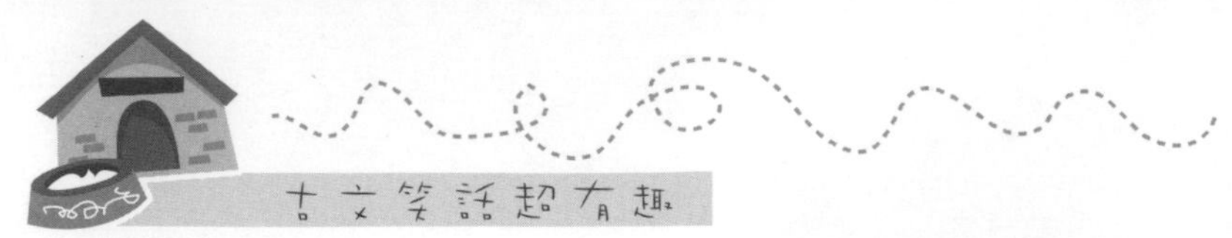

語文小廚房

下面的問題，小朋友可自由發揮，也可從內文裡找答案寫出短句，只要通順有理就算對。淺字部分是參考，可當它是空白，直接在上面寫下短句。

問：試用「相」造詞、造句、寫大意，至少三句以上。

答：相狗，面相，狗相。

問：你認為要怎樣做才能讓狗捉老鼠？老鼠一定比獐、豕、麋鹿好捉嗎？

答：餓一餓牠，而且不讓牠出去找食物。

我想老鼠不一定比豕好捉。

換我說故事

請利用短文裡的字造詞、造句，試著將句子拉長，寫出故事大意，這些大意就是你說故事的腳本。（請參考淺字部分）

例一、相＼狗相＼有一個人會看狗相，人家就拜託他去相一隻好狗，用來捉家裡的老鼠。

例二、告＼告狀＼鄰人告狀說這隻好狗怎麼連老鼠都不會捉。

請將前面所造之句組成故事大意，現在，換你來說故事：

有一個看相的人，會看人相也會看狗相：他替鄰人相了一隻好狗，鄰人告狀說這隻好狗怎麼連老鼠都不會捉，看相的人說好狗只捉大隻的動物，如果要牠捉老鼠也是可以，只要綁住牠的後腿，狗就只好開始捉老鼠了。

好狗是可以自己外出打獵覓食的，把牠關在家裡，牠就獵老鼠，可見這狗真是好狗，適應力很強。

子僑陷友

西郭子僑和公孫詭隨這兩個人常常闖空門，經常在黃昏天黑之後，爬進鄰居的土牆。鄰居很苦惱，就在他們常爬的牆

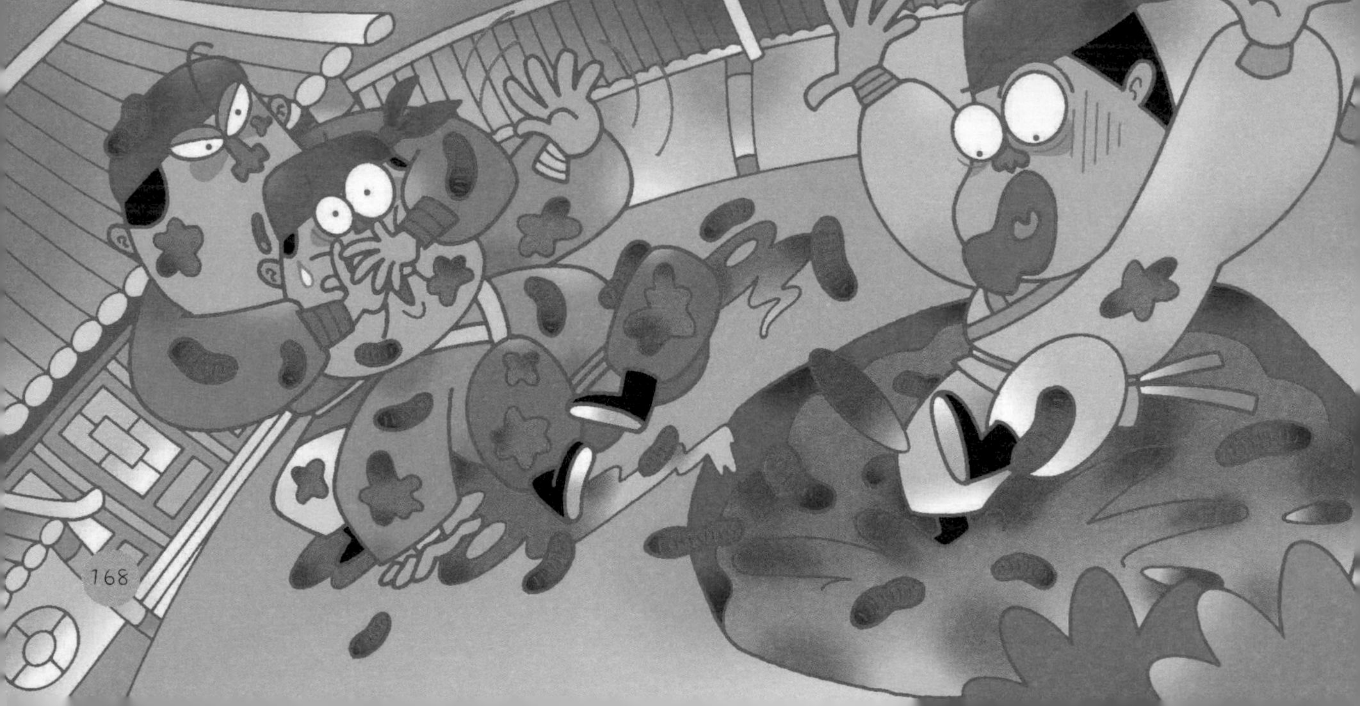

邊挖洞，放置家畜的糞便。

一晚，這群小孩子又去爬牆，子僑最先掉進糞坑裡，他不聲張，還叫詭隨快跟進，詭隨也掉進糞坑，正要警告後頭的朋友小心，子僑卻掩住詭隨的口叫他：「不要說。」

不久每個人都掉進糞坑了，子僑才說：「我不要被設陷阱的人互相通報說我們中計了，他們會在背後笑我們呢！」

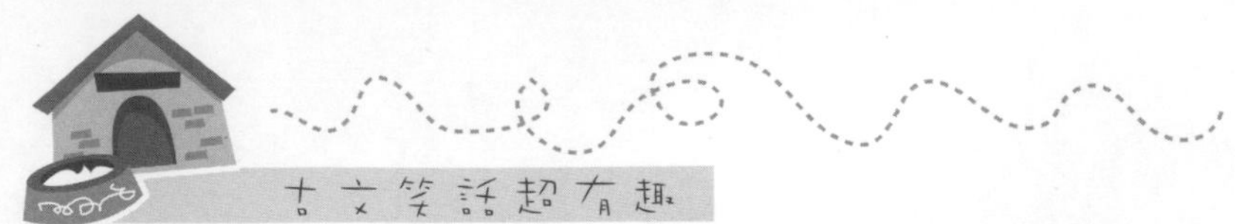

生活體驗營

小朋友可參考下列題目的角度或自己從故事裡面找幾個焦點，看一看、想一想、演一演，體驗一下不同的情境，讓頭腦觸電發光。

■ 小朋友請試著了解法律，少年和成年犯罪的刑責差別在哪，還有獨犯和共犯的刑責是什麼？

■ 請解釋隱私權是什麼？公共安全又是什麼？

塗丫故事園

讀了這個小故事，要請小朋友嘗試把故事畫出來。小朋友可以嘗試利用各種材料如樹葉、碎布、剪紙等來構成畫面，愛怎麼畫就怎麼畫，不必畫得像、也不必畫得精細，只要能重說一次故事，就是最有意思的畫。

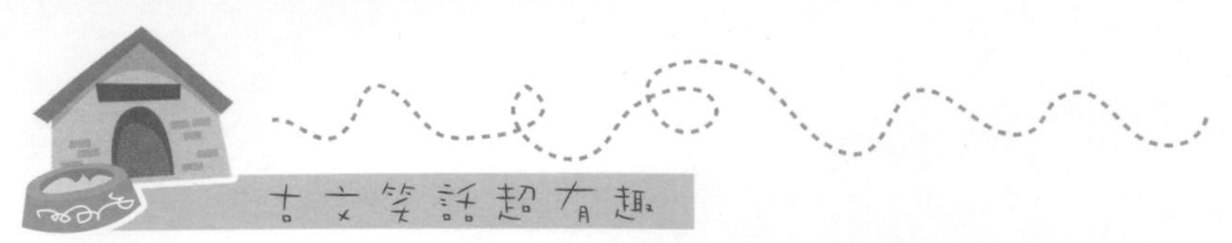

原文欣賞

西郭子僑與公孫詭隨涉虛，俱爲微行。昏夜踰其鄰人之垣。鄰人惡之，坎其往來之塗而置溷焉。

一夕，又往。子僑先墜於溷，弗言，而招詭隨，詭隨從之墜，欲呼，子僑掩其口曰：「勿言。」

俄而涉虛至，亦墜。子僑乃言曰：「我欲其無相咥也。」

【郁離子・劉基】

文字妙迷宮

仔細觀察左右兩邊的文字，有何相似關聯的地方？

並用→把相關的字連起來。

子ㄗˇ 僑ㄑㄧㄠˊ	欲ㄩˋ 呼ㄏㄨ
	涉ㄕㄜˋ 虛ㄒㄩ
鄰ㄌㄧㄣˊ 人ㄖㄣˊ	微ㄨㄟˊ 行ㄒㄧㄥˊ
詭ㄍㄨㄟˇ 隨ㄙㄨㄟˊ	置ㄓˋ 溷ㄏㄨㄣˋ

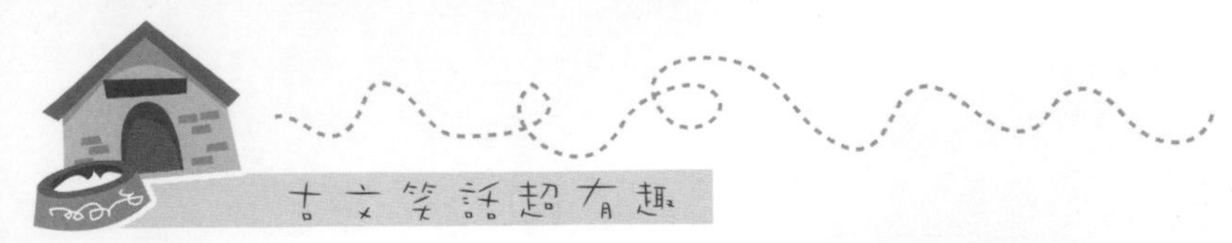

語文小廚房

下面的問題，小朋友可自由發揮，也可從內文裡找答案寫出短句，只要通順有理就算對。淺字部分是參考，可當它是空白，直接在上面寫下短句。

問：試著從短短的古文故事裡先找出主角，再找出動作，再寫出結果。

答：主角是西郭子僑和公孫詭隨。動作是這兩人常常晚上爬進鄰居的牆，後來被鄰居處罰，子僑先受害，他故意不告訴朋友，他怕被別人笑。

問：故事裡和腳有關的動作有那些？請至少找出三個以上。

答：涉虛、微行、踰鄰人之垣。

問：子僑為什麼不警告朋友？

答：我想他是調皮，他要朋友嚐嚐掉進糞坑的滋味，或者，他希望大家都和他一樣，那大家就是同一國的，若被鄰居捉到，也是大家一起被抓。

換我說故事

請利用短文裡的字造詞、造句，試著將句子拉長，寫出故事大意，這些大意就是你說故事的腳本。（請參考淺字部分）

例一、惡＼可惡＼鄰居覺得子僑那群人很可惡，老是半夜偷爬牆。

請將前面所造之句組成故事大意，現在，換你來說故事：

西郭子僑常常和公孫詭隨一起玩，特別喜歡晚上出去探險，爬牆進入鄰人的院子，鄰居很生氣，就設了陷阱，挖了糞坑讓他們爬牆時掉進去，子僑先掉進糞坑，他不警告後頭的詭隨，當詭隨想告訴其他朋友小心時，子僑還阻擋。

No.21

趙人患鼠

趙國有一個人受老鼠的困擾，他到中山找人要了一隻貓，貓捉了老鼠也捉雞，一個月之後，老鼠和雞都被捉光了。

趙人的兒子很討厭貓捉雞，要求趙人把貓趕走，趙人說：「你

不了解情況，我們被老鼠搞得很煩，是因爲老鼠會吃我們的食物、咬我們的衣服、毀壞我們的物品和家具，會造成我們的飢寒貧窮，比起雞被貓捉光了，損失大多了，沒有雞頂多不吃雞就好了，距離飢寒貧窮還遠得很，你還要把貓趕走嗎？」

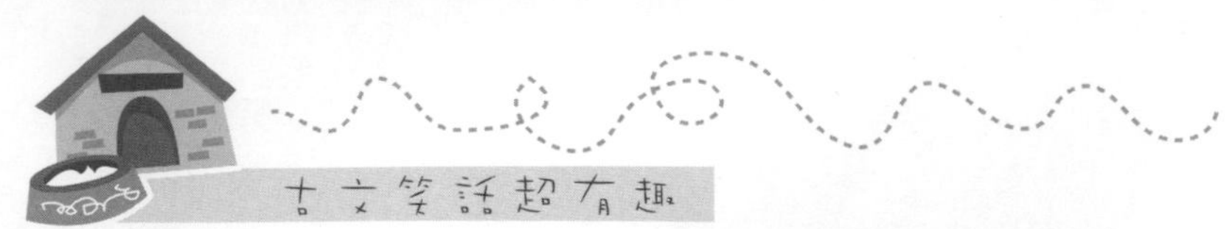

生活體驗營

小朋友可參考下列題目的角度或自己從故事裡面找幾個焦點，看一看、想一想、演一演，體驗一下不同的情境，讓頭腦觸電發光。

■ 小朋友請觀察貓和雞如何共處？

■ 小朋友請問現在家裡養的貓都吃些什麼？還吃老鼠嗎？

塗丫故事園

讀了這個小故事，要請小朋友嘗試把故事畫出來。小朋友可以嘗試利用各種材料如樹葉、碎布、剪紙等來構成畫面，愛怎麼畫就怎麼畫，不必畫得像、也不必畫得精細，只要能重說一次故事，就是最有意思的畫。

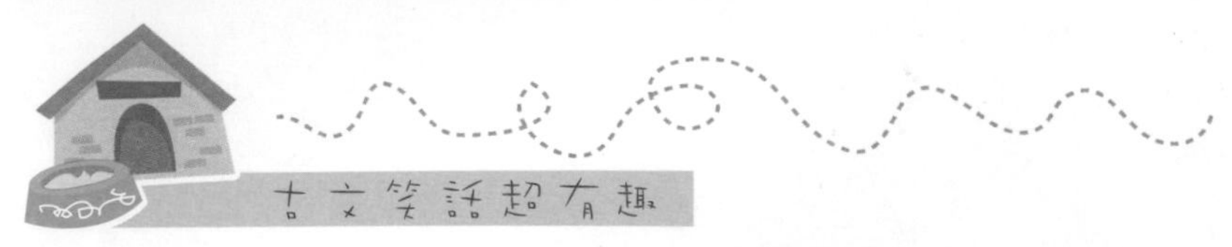

原文欣賞

趙人患鼠，乞貓於中山，中山之人予之。貓捕鼠及雞，月餘，鼠盡而雞亦盡。

其子患之，告其父曰：「盍去諸？」其父曰：「是非若所知也。吾之患在鼠，則竊吾食，毀吾衣，穿吾垣墉，壞傷吾器用，吾將飢寒焉。無病於無雞乎？無雞者弗食雞則已耳，去飢寒猶遠，若之何而去夫貓也！」

【郁離子・劉基】

文字妙迷宮

仔細觀察左右兩邊的文字，有何相似關聯的地方？

並用→把相關的字連起來。

人ㄖㄣˊ	患ㄏㄨㄢˋ鼠ㄕㄨˇ
鼠ㄕㄨˇ	竊ㄑㄧㄝˋ食ㄕˊ
雞ㄐㄧ	毀ㄏㄨㄟˇ衣ㄧ
貓ㄇㄠ	捕ㄅㄨˇ鼠ㄕㄨˇ
	吃ㄔ雞ㄐㄧ

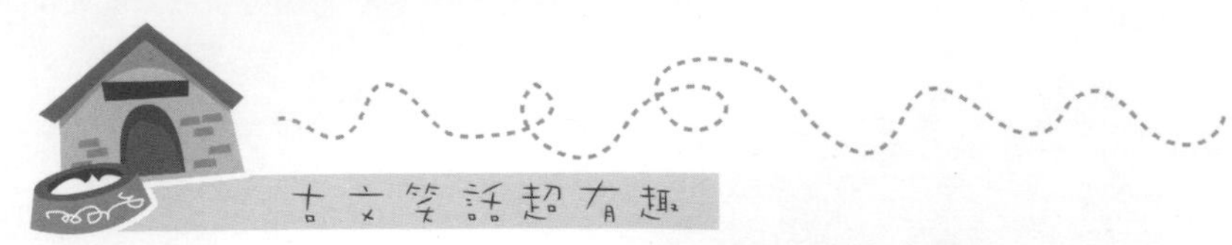

語文小廚房

下面的問題，小朋友可自由發揮，也可從內文裡找答案寫出短句，只要通順有理就算對。淺字部分是參考，可當它是空白，直接在上面寫下短句。

問：試著從故事造三個因果句。

答：例一、因為老鼠會吃人的米糧、咬壞生活用具，所以人要除掉老鼠。

例二、因為貓捉老鼠還不夠，貓也捉雞，所以害得人沒有雞肉吃。

例三、因為老鼠帶來的壞處很大，沒有雞肉吃卻不是大問題，所以貓被留下來了。

問：試著用故事裡的角色比大小，並造句至少三句。

答：例一、趙人是兒子的家長，負責家計，為了顧全生活品質，只好犧牲兒子吃雞的享受。

例二、貓是老鼠的天敵，能捉老鼠也能捉雞，為了消滅老鼠只好連雞也賠上了。

例三、老鼠的牙齒很利，可以破壞人的用品，對人類的生活危害至極，人們不得不想辦法除掉牠。

換我說故事

請利用短文裡的字造詞、造句，試著將句子拉長，寫出故事大意，這些大意就是你說故事的腳本。（請參考淺字部分）

例一、 患＼鼠患＼趙人家裡有鼠患，他就去找人要了一隻貓。

例二、 雞＼雞飛狗跳＼貓捉老鼠的時候，趙人家裡雞飛狗跳，因為老鼠跑到雞籠裡了。

請將前面所造之句組成故事大意，現在，換你來說故事：

趙人常被老鼠吵得很煩，就到中山去要了一隻貓，但是這隻貓不但捉老鼠也捉雞，很快的，趙人家的老鼠和雞都被捉光了。趙人的兒子吃不到雞，就想把貓趕走。但趙人評估了貓的好處大於壞處，就留下了貓。

No.22

泗州邸怪

建炎初年，安定郡王趙德麟，有一次帶著全家人從京城趕往東部，到了泗州北城天已黑，就找了一家客棧投宿。

晚上天涼，他叫婢子送熱水，立刻就有女婢應聲捧著裝熱水的杯子進來，而且用紫色布巾蓋著頭，趙德麟說：「你在室內，爲何要蓋著頭巾？」說完用手揭開女婢的頭巾，竟是一副枯骨。

趙德麟沒有害怕的樣子，出手打了骷髏頭的兩頰，說：「我家又不是沒有人可使喚，爲何要你這個鬼來幫忙？」隨即叫鬼滾，那鬼掩

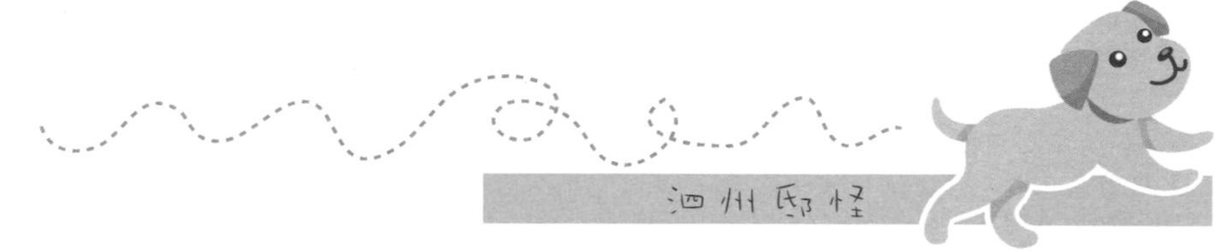

面而不見了。

趙德麟沒把這件事告訴家人，住到第二天天亮才離開繼續上路。

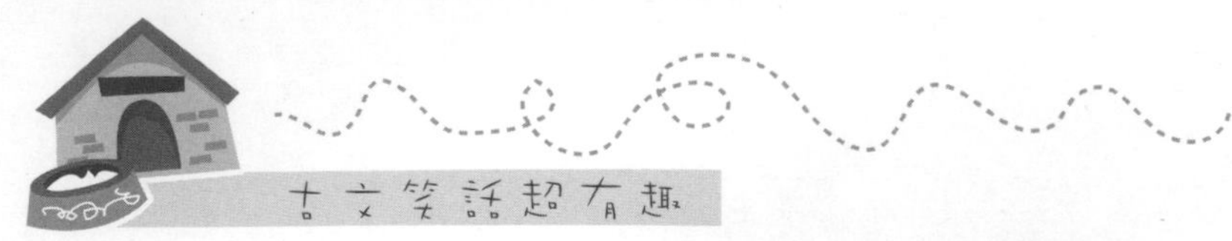

生活體驗營

小朋友可參考下列題目的角度或自己從故事裡面找幾個焦點，看一看、想一想、演一演，體驗一下不同的情境，讓頭腦觸電發光。

■ 小朋友如果你出門旅遊住宿旅館，應該要注意哪些事情呢？

■ 小朋友如果當你遇到恐怖的事情時，會立刻告訴別人嗎？

塗丫故事園

讀了這個小故事，要請小朋友嘗試把故事畫出來。小朋友可以嘗試利用各種材料如樹葉、碎布、剪紙等來構成畫面，愛怎麼畫就怎麼畫，不必畫得像、也不必畫得精細，只要能重說一次故事，就是最有意思的畫。

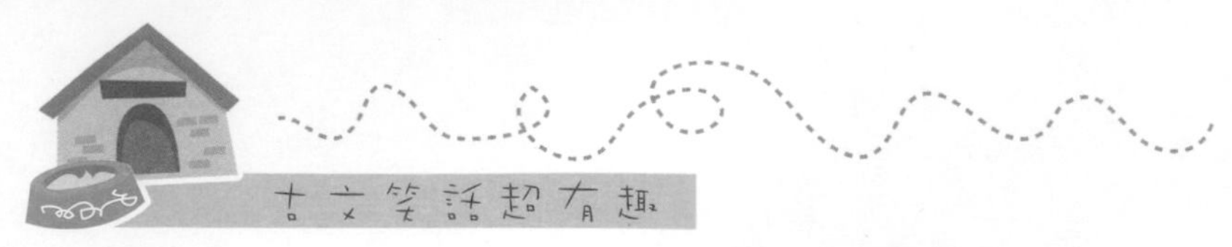

原文欣賞

安定郡王趙德麟，建炎初，自京師挈家東下，抵泗州北城，於驛邸憩宿。

薄暮，呼索熱水。即有妾應聲捧杯以進，而用紫蓋頭覆其首。趙曰：「汝輩既在室中，何必如是？」自爲揭之，乃枯骨耳。

趙略無怖容，連批其頰曰：「我家不是無人使，要你怪鬼何用？」叱使去，掩冉而滅。趙不以語家人，留駐竟夕，天明始登途。

【洪邁·夷堅志】

文字妙迷宮

仔細觀察左右兩邊的文字，有何相似關聯的地方？

並用→把相關的字連起來。

竟夕

時態　　語

叱

言語　　薄暮

天明

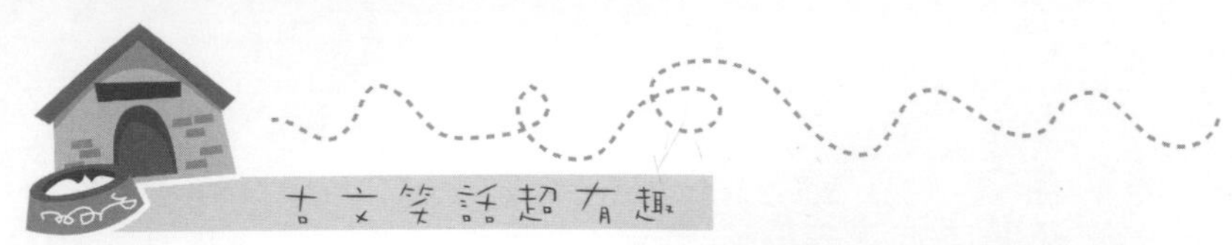

語文小廚房

下面的問題，小朋友可自由發揮，也可從內文裡找答案寫出短句，只要通順有理就算對。淺字部分是參考，可當它是空白，直接在上面寫下短句。

問：試著從故事裡找出三個和手有關的動作，並造句。

答：挈、捧、批、揭、掩。

「挈家東下」就是帶著家人往東遷移。

「捧杯以進」就是捧著杯子進來。

「連批其頰」就是連續用手打對方的臉頰。

「掩冉而滅」就是用手掩著臉慢慢消失。

問：你覺得趙官人學過打鬼的法術嗎？

答：我想他不知道什麼法術可以打鬼，只要不對的都打，就對了。

換我說故事

請利用短文裡的字造詞、造句，試著將句子拉長，寫出故事大意，這些大意就是你說故事的腳本。（請參考淺字部分）

例一、 抵＼抵達＼趙德麟半夜抵達泗州，途中夜宿一家旅店。

請將前面所造之句組成故事大意，現在，換你來說故事：

趙德麟帶著家人東遷，途中夜宿一家旅店，晚上竟然有一位女婢戴著頭巾給他送熱水，他覺得奇怪，就用手掀開頭巾，發現是一個鬼頭，他竟不動聲色的連打那鬼頭兩巴掌，趕她走，也沒告訴家人這件事，第二天還平靜的繼續趕路。

雙見鬼

有一個人出去喝酒喝到半夜才回家，回家的路上遇到大雨，他就撐起傘，路上看到一個人站在屋簷下躲雨，那人靠過去和他共用一把傘，很久都不講話，打傘的人懷疑遇到鬼了，故意用腳勾一勾旁邊的人，偏偏每次都沒勾到，他心裡更害怕，於是在

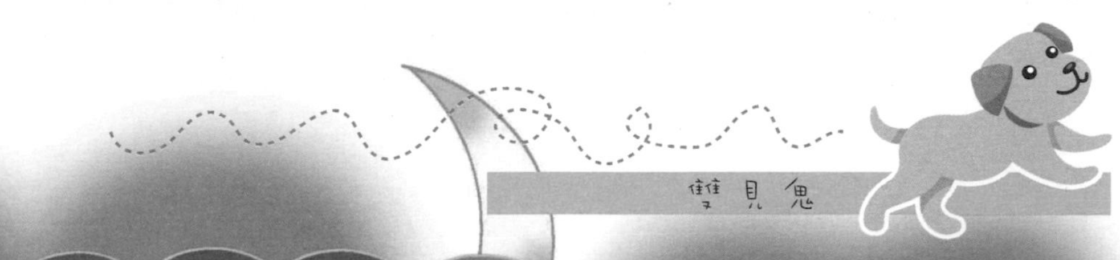

經過一座橋時，打傘的人用力把對方擠下橋，然後趕快跑。

這時早起賣糕餅的人已經開始工作，打傘的那人跑進去糕餅店跟老闆說他遇到鬼了。不一會，又看到一個人，全身都濕淋淋，腳步不穩的跑來，他狂喊著：「有鬼！」也跑進糕餅店。

這兩個人相看一眼都嚇了一跳，隨即明白怎麼回事而大笑。

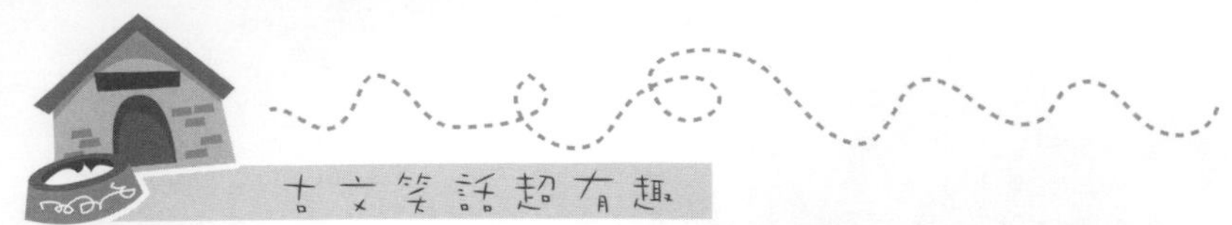

生活體驗營

小朋友可參考下列題目的角度或自己從故事裡面找幾個焦點，看一看、想一想、演一演，體驗一下不同的情境，讓頭腦觸電發光。

■ 小朋友你知道如何和陌生人自我介紹嗎？

■ 試著兩人並行，邊走邊用腳勾旁邊人的腳，看看可不可能勾得到？

塗丫故事園

讀了這個小故事，要請小朋友嘗試把故事畫出來。小朋友可以嘗試利用各種材料如樹葉、碎布、剪紙等來構成畫面，愛怎麼畫就怎麼畫，不必畫得像、也不必畫得精細，只要能重說一次故事，就是最有意思的畫。

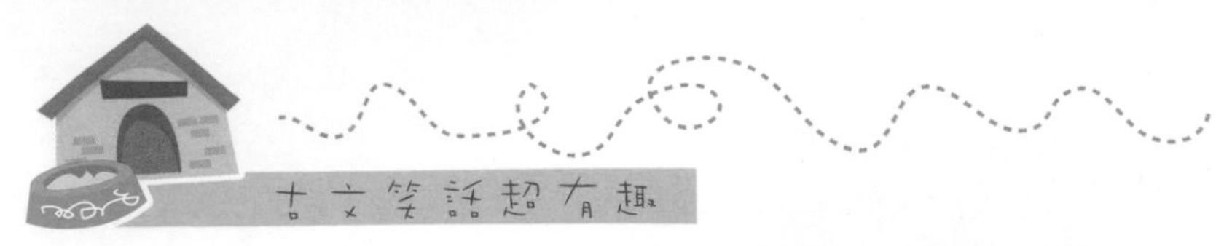

原文欣賞

有赴飲夜歸者，值大雨，持蓋自蔽。見一人立簷下溜，即投傘下同行。

久之，不語，疑爲鬼也，以足撩之，偶不相值，愈益恐，因奮力擠之橋下而趨。

值炊糕者晨起，亟奔入其門，告以遇鬼。

俄頃，復見一人，遍體沾濕，踉蹌而至，號呼有鬼，亦投其家。

二人相視愕然，不覺大笑。

【馮夢龍．古今譚概】

文字妙迷宮

仔細觀察左右兩邊的文字，

有何相似關聯的地方？

並用→把相關的字連起來。

左	右
腳的動作	夜歸
天候	踉蹌
時態	大雨
	趨
	晨起
	以足撩之
	立簷下溜

（例：天候 → 大雨）

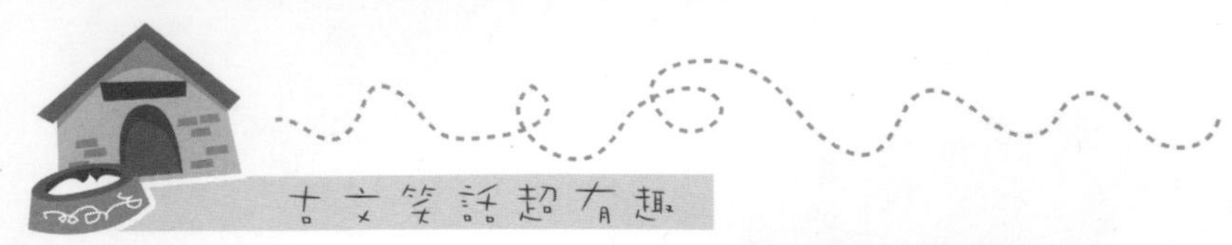

語文小廚房

下面的問題，小朋友可自由發揮，也可從內文裡找答案寫出短句，只要通順有理就算對。淺字部分是參考，可當它是空白，直接在上面寫下短句。

問：試著從故事裡找出三個可以遮雨的東西，並從字面去解釋。

答：蓋、簷、傘。

蓋是草字頭，即用草編的帽子或遮蔽物。

簷是屋簷，用竹子搭成的屋簷。

傘是雨傘，看字形即知是讓人躲雨的大蓋。

問：故事裡出現那三種情況讓人懷疑遇到鬼？

答：夜歸遇大雨、一人投傘下不語、以足撩之偶不值。

問：找出文中和雨有關的字至少三個及和腳的動作有關的字至少三個。

答：和雨有關的是溜、沾、濕。和腳有關的是趨、踉、蹌。

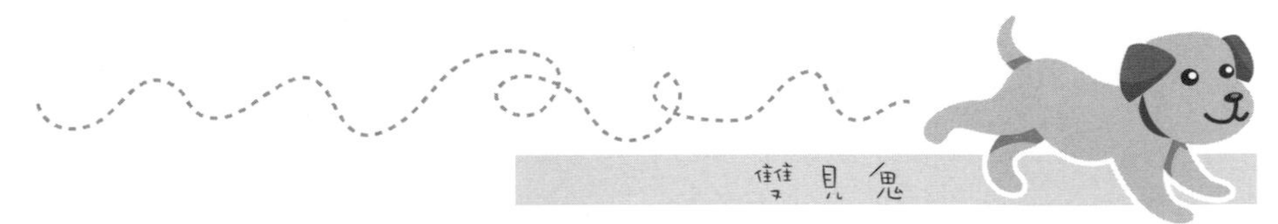

換我說故事

請利用短文裡的字造詞、造句，試著將句子拉長，寫出故事大意，這些大意就是你說故事的腳本。（請參考淺字部分）

例一、疑\懷疑\喝酒的人懷疑路人是鬼。

例二、號\號叫\那人從水裡爬上來，號叫著跑到早餐店躲藏。

請將前面所造之句組成故事大意，現在，換你來說故事：

有一個人喝酒喝到半夜才回家，半路上下起大雨，這個人打傘遮雨，遇到一個路人在屋簷下躲雨，那路人悄悄的走過去和他一起走。但是這個人都不說話，喝酒的人懷疑遇到鬼，又聽說鬼走路是離地三尺的，就用腳去撈旁邊的人，看他有沒有腳，走著走著又碰巧都沒撈到對方的腳。於是喝酒的人用力把身旁的「鬼」擠下橋，然後趕快跑到一家早起的豆漿店，告訴主人他遇到鬼了。不一會，又有一個人全身濕透的跑進店裡，喊著他遇到鬼了，兩人相視，恍然大悟，忍不住笑了。

No.24

勘釘

姚忠擔任遼東按察使，察辦一件案子，是武平縣民劉義告嫂子和人私通害死哥哥劉成。

武平縣的丁欽在驗屍過程中找不到死者的傷痕，苦惱得吃不下飯，丁欽的老婆問他苦惱什麼，了解情況後說：「可能頭頂有釘子，釘子上塗有毒藥，找看看？」檢驗之後果然有。

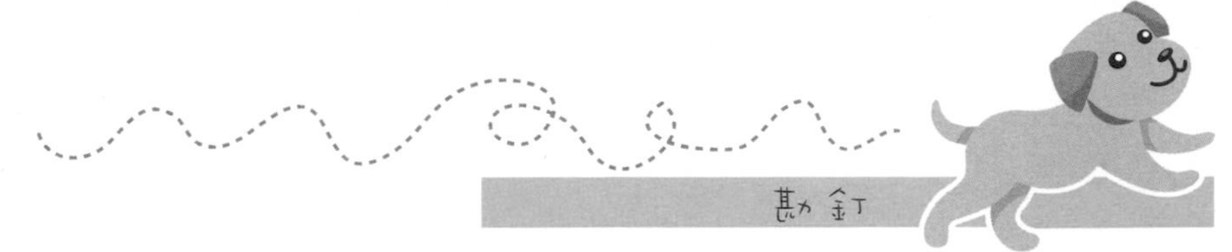

案子破了報到姚忠手上，姚忠召丁欽問怎麼破了這案子，丁欽客氣的說是夫人幫忙。姚公說：「你夫人是閨女嫁給你的嗎？」丁欽回答：「她是再嫁的。」於是姚公請人開棺，驗丁欽夫人前夫的屍，發現頭上有釘子，釘子上塗了與劉成屍體上相同的毒，於是又破了一個懸案，原來那丁欽夫人是殺夫凶手，丁欽被嚇死了。姚忠則被比喻爲包青天。

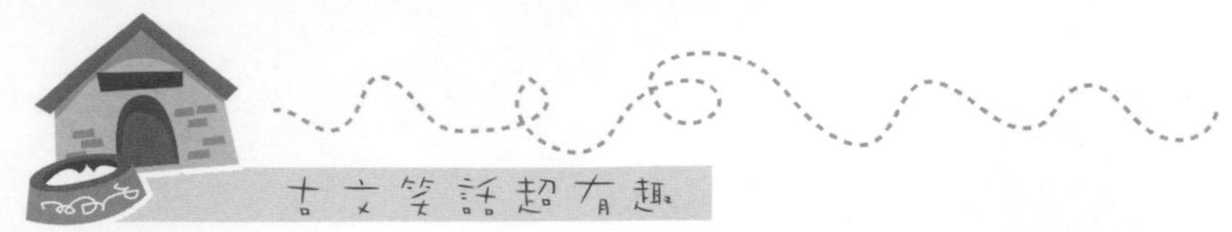

生活體驗營

小朋友可參考下列題目的角度或自己從故事裡面找幾個焦點，看一看、想一想、演一演，體驗一下不同的情境，讓頭腦觸電發光。

■ 小朋友請找找看你的頭頂，有無一處叫天靈蓋的地方？

■ 如果有機會參觀人體大展，試著了解人體的要害有哪幾個地方？

塗丫故事圖

讀了這個小故事，要請小朋友嘗試把故事畫出來。小朋友可以嘗試利用各種材料如樹葉、碎布、剪紙等來構成畫面，愛怎麼畫就怎麼畫，不必畫得像、也不必畫得精細，只要能重說一次故事，就是最有意思的畫。

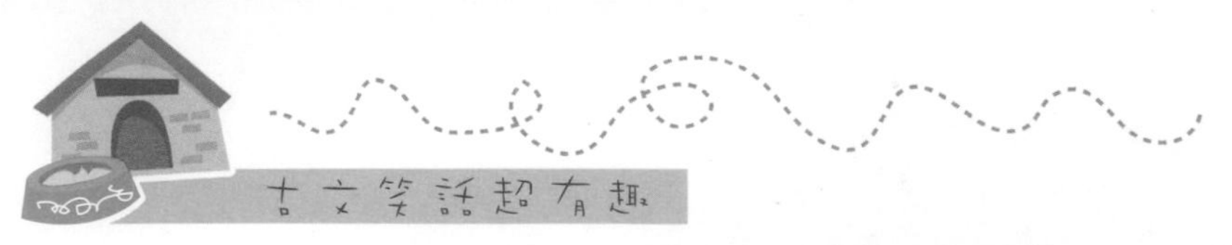

原文欣賞

姚忠肅公，至元二十年癸未，爲遼東按察使。武平縣民劉義，訟其嫂與其所私同殺其兄成。

縣尹丁欽，以成尸無傷，憂懣不食。妻韓問之，欽語其故。韓曰：「恐頂顖有釘，塗其跡耳。」驗之，果然。

獄定上讞，公召欽諦詢之。欽因矜其妻之能。公曰：「若妻處子耶？」曰：「再醮」。令有司開其棺，毒與成類。並正其辜。欽悸卒。時比公爲宋包孝肅公拯云。

【陶宗儀．輟耕錄】

仔細觀察左右兩邊的文字，有何相似關聯的地方？

並用→把相關的字連起來。

左	右
思想感情	丁欽
身分頭銜	語其故
	矜其妻之能
	憂懣不食
	按察史
	肅公

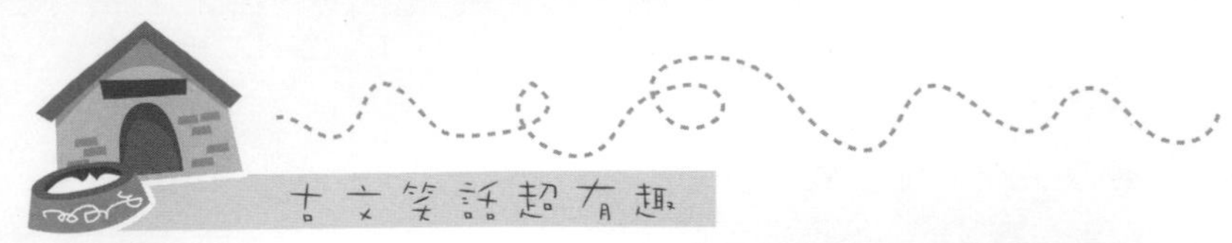

語文小廚房

下面的問題，小朋友可自由發揮，也可從內文裡找答案寫出短句，只要通順有理就算對。淺字部分是參考，可當它是空白，直接在上面寫下短句。

問：試用故事裡有「言」部首的字，解釋文義。

答：訟、語、詢。

訟是告官的意思。有一個人的哥哥被嫂嫂害死了，這人告到官裡去，最後發現哥哥是被釘子打入腦中而死的。

語是告訴。縣尹把難題告訴老婆，老婆替他想出辦法。

詢也是探詢問話的意思。上官問了縣尹，誰想出破案的關鍵。

問：以題目「勘釘」這兩個字去造詞、造句、串大意。

答：勘；探勘。釘；釘子。

縣尹丁欽的工作是探勘殺人的釘子，看看到底用的什麼毒，竟然可以不著痕跡的讓人致命。

換我說故事

請利用短文裡的字造詞、造句，試著將句子拉長，寫出故事大意，這些大意就是你說故事的腳本。（請參考淺字部分）

例一、釘＼釘子＼他的手下找出了殺人的釘子。

例二、頂＼頭頂＼頭頂被塗毒藥的釘子插入，必死無疑。

請將前面所造之句組成故事大意，現在，換你來說故事：

姚忠肅公到遼東當按察使，辦了一件謀殺案，案子已經定讞只差找出証據。他的手下要負責找出那兇手殺人的方式，一直沒有著落，後來是這位官夫人替他想出辦法。案子了結之後，姚忠肅公問是誰這麼聰明，不料又問出另一件案子，原來這位官夫人是再嫁，之前的丈夫死了，竟也是被夫人用釘子塗毒害死的。

No.25

告荒

有一個農人報告稅官說收成不好，稅官問：「你的麥收了多少？」農人說：「種十分

地收三分麥。」稅官又問：「棉花收多少？」農人說：「種十分地收二分。」稅官又問：「那麼稻呢？」農人說：「種十分收二分。」

稅官聽完很生氣的說：「這樣你一共有七分收成，怎麼還說收成不好？」農夫回答：「我活到一百幾十歲了，真的從來沒見過收成這麼少的。」稅官好奇問他什麼是一百幾十歲，農人答：「我七十多歲、長子四十多歲、次子三十多歲，合起來算是一百幾十歲。」在場的人聽了都哈哈大笑。

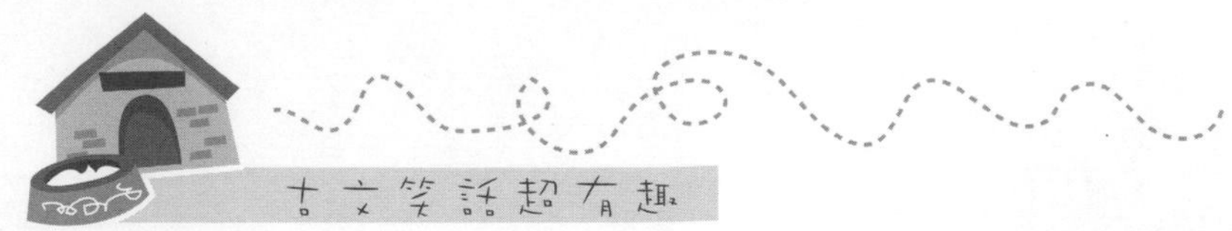

生活體驗營

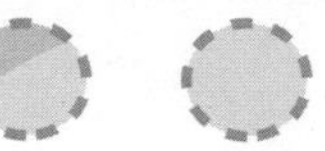

小朋友可參考下列題目的角度或自己從故事裡面找幾個焦點，看一看、想一想、演一演，體驗一下不同的情境，讓頭腦觸電發光。

■ 分母愈大、分子不變，表示質愈小；反之，分子愈大、分母不變，表示質愈大，請試著用農人的收成和年齡，玩分子、分母的遊戲。

____

____

____

■ 小朋友如果有機會去戶外的荒地玩焢窯的遊戲，請找找看荒地可能有哪些生物？

____

____

塗丫故事園

讀了這個小故事，要請小朋友嘗試把故事畫出來。小朋友可以嘗試利用各種材料如樹葉、碎布、剪紙等來構成畫面，愛怎麼畫就怎麼畫，不必畫得像、也不必畫得精細，只要能重說一次故事，就是最有意思的畫。

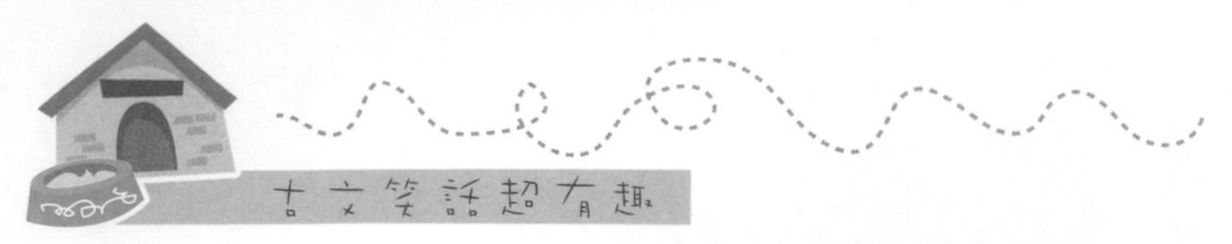

原文欣賞

有告荒者，官問：「麥收若干？」曰：「三分。」又問：「棉花若干？」曰：「二分。」又問：「稻收若干？」曰：「二分。」

官怒曰：「有七分年歲，尚捏稱荒耶？」

對曰：「某活一百幾十歲矣，實未見如此奇荒。」官問之，曰：「某年七十餘，長子四十餘，次子三十餘，合而算之，有一百幾十歲。」

哄堂大笑。

【楊慎．丹鉛雜錄】

仔細觀察左右兩邊的文字，有何相似關聯的地方？

並用→把相關的字連起來。

農作物量詞

時間的量詞

年七十餘

麥收若干

三分

奇荒

二分

一百幾十歲

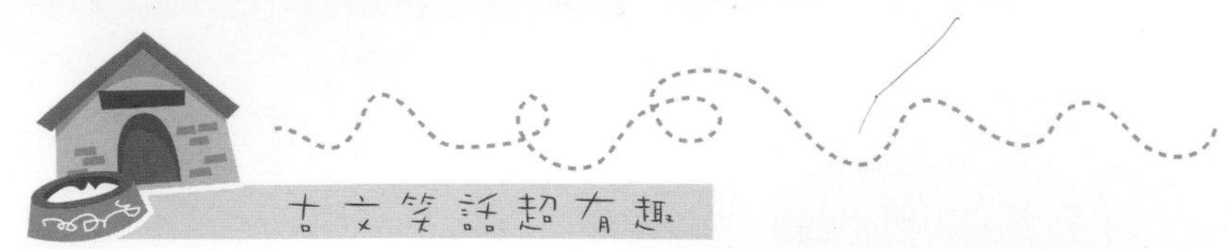

語文小廚房

下面的問題，小朋友可自由發揮，也可從內文裡找答案寫出短句，只要通順有理就算對。淺字部分是參考，可當它是空白，直接在上面寫下短句。

問：用題目的兩個字各造三詞。

答：告：告狀、報告、告知。

荒：荒年、糧荒、水荒。

問：你看得出官人的錯嗎？

答：官人可能是抽稅的，卻很昏庸，三塊地應是三十分，種了三十分地只收七分，應是稱得上荒年，但官人卻計算成種了十分地收成七分，是他自己算錯了，還對農人打官腔。

換我說故事

請利用短文裡的字造詞、造句，試著將句子拉長，寫出故事大意，這些大意就是你說故事的腳本。（請參考淺字部分）

例一、荒＼水荒＼因為水荒而造成農作物收成不好，農人不但自己吃不飽，還得不到官人諒解。

例二、怒＼怒氣沖天＼官人聽說收不到稻米，立刻怒氣沖天，指著農人的鼻了大罵。

例三、堂＼哄堂大笑＼農人故意算錯年齡，惹得一陣哄堂大笑，官人也明白了農人的意思，最後是皆大歡喜。

請將前面所造之句組成故事大意，現在，換你來說故事：

農夫向官人報告收成不好，官人用錯算式還怪農夫謊報，農夫也學官人用錯算式來算自己的年齡，鬧得哄堂大笑，同時也讓官人知道他錯了。

No.26

烏賊求全

大海裡的魚很多，其中有一種叫做烏賊的，一噴水就可以讓水變黑，烏賊在靠岸的淺水處活動，怕被其他魚類發現，就噴出墨汁掩護自己，沒想到天上的海鳥看到了，更確定那裡有烏賊。

唉！烏賊只知道要噴墨掩護，求得一時的安全，卻不知要消除遺跡，反而讓偷看的鳥發現牠的技倆跟蹤跡。

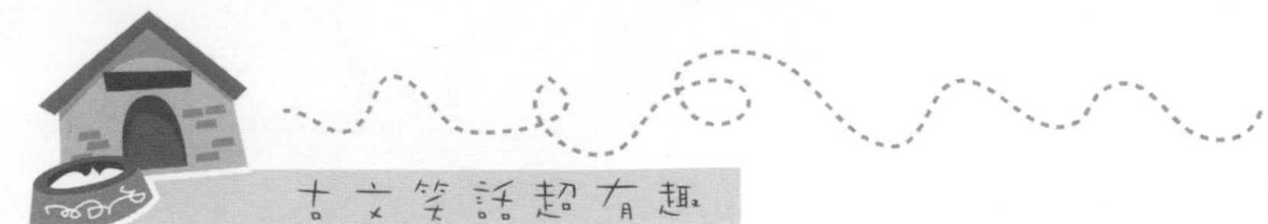

生活體驗營

小朋友可參考下列題目的角度或自己從故事裡面找幾個焦點，看一看、想一想、演一演，體驗一下不同的情境，讓頭腦觸電發光。

■ 小朋友你吃過烏賊嗎？有機會可以幫忙媽媽處理市場上買回來的烏賊，在清洗時可看到牠的墨汁袋。

____

____

____

■ 小朋友請翻閱海洋生物圖鑑的書，或參觀海洋博物館，認識更多的烏賊。

____

____

____

塗丫故事園

讀了這個小故事，要請小朋友嘗試把故事畫出來。小朋友可以嘗試利用各種材料如樹葉、碎布、剪紙等來構成畫面，愛怎麼畫就怎麼畫，不必畫得像、也不必畫得精細，只要能重說一次故事，就是最有意思的畫。

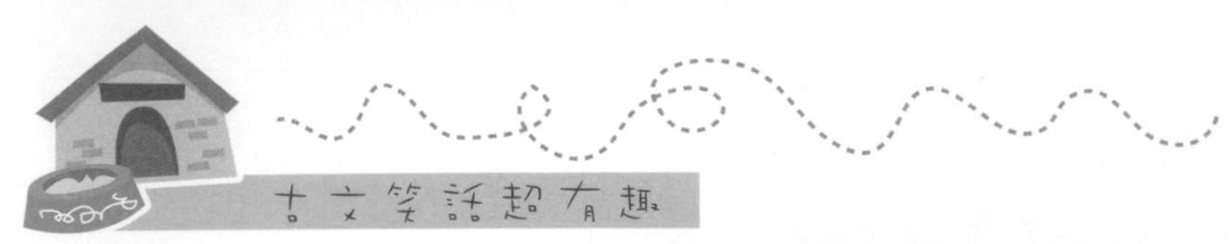

原文欣賞

海之魚，有烏賊其名者，呴水而水烏。戲於岸間，懼物之窺己也，則呴水以自蔽。海鳥視之而疑，知其魚而攫之。

嗚呼！徒知自蔽以求全，不知滅迹以杜疑，爲窺者之所窺。哀哉！

【柳河東集·附錄】

仔細觀察左右兩邊的文字，有何相似關聯的地方？

並用→把相關的字連起來。

攫ㄐㄩㄝˊ

海ㄏㄞˇ 鳥ㄋㄧㄠˇ

窺ㄎㄨㄟ 視ㄕˋ

自ㄗˋ 蔽ㄅㄧˋ

烏ㄨ 賊ㄗㄟˊ → 呴ㄒㄩ 水ㄕㄨㄟˇ

戲ㄒㄧˋ 於ㄩˊ 岸ㄢˋ 間ㄐㄧㄢ

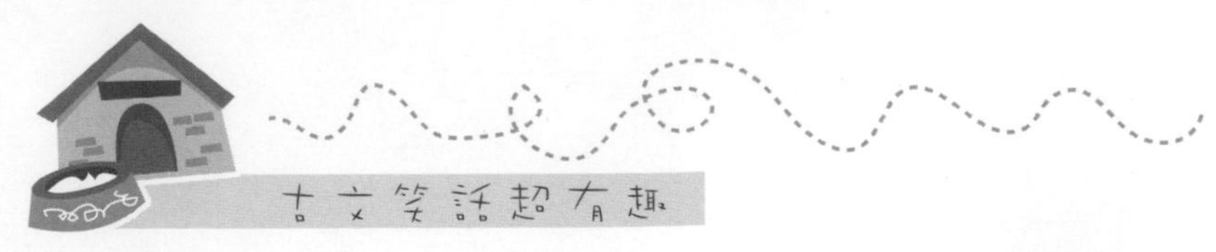

語文小廚房

下面的問題，小朋友可自由發揮，也可從內文裡找答案寫出短句，只要通順有理就算對。淺字部分是參考，可當它是空白，直接在上面寫下短句。

問：寫出你認識的魚類，包括烏賊，略為形容牠們的外型。

答：烏賊：長得像一枚炸彈，會噴黑墨汁爭取逃跑的時間。

沙魚：大型凶惡的魚，牙齒很尖。

飛魚：身體細長，躍出水面時，像飛的樣子。

問：你會玩拆字遊戲嗎？從拆開的字去解釋字義。

答：呴：拆成口、句，試著像魚那樣縮成小嘴說「句」，就是在噴黑墨水玩耍。

攫：拆成手、目、隻，文中有海鳥，是指海鳥用爪子抓魚。

蔽：拆成草、敝，就是草叢底下的空間，躲在草叢底下。

換我說故事

請利用短文裡的字造詞、造句，試著將句子拉長，寫出故事大意，這些大意就是你說故事的腳本。（請參考淺字部分）

例一、烏＼烏賊＼烏賊噴墨汁是為了讓敵方看不清自己，然後再逃走，但海鳥卻知道有墨汁的地方就有烏賊。

例二、戲＼遊戲＼烏賊在海邊遊戲，怕被天敵海鳥發現，所以不斷噴墨汁掩護。

請將前面所造之句組成故事大意，現在，換你來說故事：

烏賊在水裡遊玩，牠很得意自己能噴墨汁保護自己，在海裡有這種本事真是太方便了，但是，從空中看卻不是這樣，海水因為烏賊的墨汁，反而讓天上的海鳥更方便找到目標，烏賊可能沒想到吧。

黠鼠

有一天晚上，蘇子坐在房裡，聽到老鼠磨牙的聲音，他用手拍拍發出聲音的床板，聲音就停了，但一會兒又開始吵。蘇子叫書僮拿燭火來找老鼠，發現床底下有一個空的容器，裡頭發出陣陣老鼠磨牙的聲音。

書僮說：「哈！這隻老鼠無處可逃了。」打開容器看，裡頭卻安靜無聲，用燭火照照

看，找到一隻死老鼠。書僮很驚訝的說：「這裡剛才還有磨牙的聲音，怎麼突然就死了？剛才那是什麼聲音？難道是鬼？」於是把容器倒蓋，不料倒出的死老鼠立刻跑走了。

動作再快的人都來不及反應。蘇子看了嘆口氣說：「奇怪！老鼠也有這麼聰明狡詐的。」

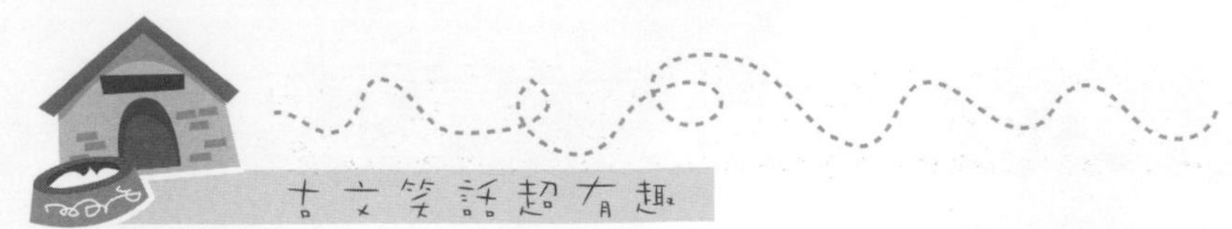

生活體驗營

小朋友可參考下列題目的角度或自己從故事裡面找幾個焦點，看一看、想一想、演一演，體驗一下不同的情境，讓頭腦觸電發光。

■ 小朋友你知道除了老鼠會詐死，還有哪些小生物會詐死？

■ 小朋友請查查資料，了解老鼠可能會傳染哪些疾病？

塗丫故事園

讀了這個小故事，要請小朋友嘗試把故事畫出來。小朋友可以嘗試利用各種材料如樹葉、碎布、剪紙等來構成畫面，愛怎麼畫就怎麼畫，不必畫得像、也不必畫得精細，只要能重說一次故事，就是最有意思的畫。

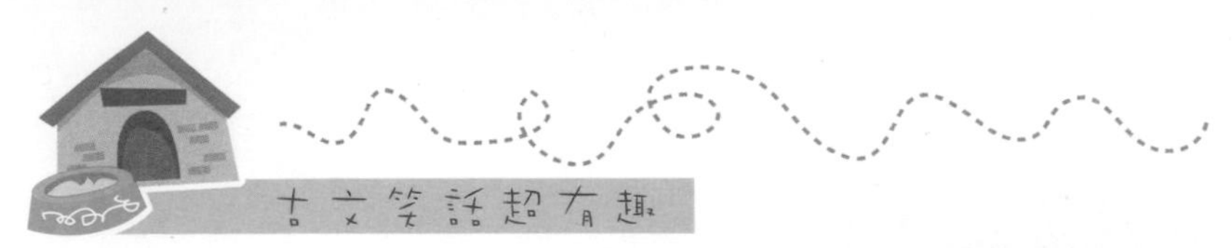

原文欣賞

蘇子夜坐，有鼠方嚙，拊床而止之。既止復作，使童子燭之，有橐中空，嘐嘐聱聱，聲在橐中。

曰：「嘻！此鼠之見閉而不得去者也。」

發而視之，寂無所有，舉燭而索，中有死鼠。

童子驚曰：「是方嚙也，而遽死耶？向爲何聲，豈其鬼耶？」覆而出之，墮地而走。

雖有敏者，莫措其手。蘇子嘆曰：「異哉！是鼠之黠也。」

【東坡志林】

文字妙迷宮

仔細觀察左右兩邊的文字，有何相似關聯的地方？

並用→把相關的字連起來。

與ㄩˇ 口ㄎㄡˇ 相ㄒㄧㄤ 關ㄍㄨㄢ

狀ㄓㄨㄤˋ 聲ㄕㄥ 詞ㄘˊ

齧ㄋㄧㄝˋ

嘻ㄒㄧ

嘆ㄊㄢˋ

曰ㄩㄝ

嘐ㄒㄧㄠ 嘐ㄒㄧㄠ 聱ㄠˊ 聱ㄠˊ

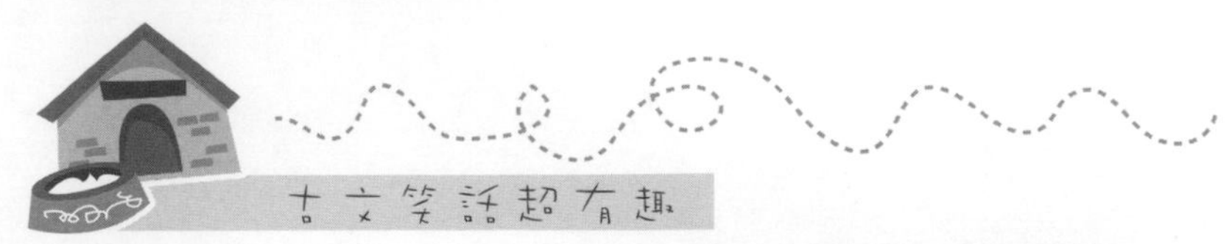

語文小廚房

下面的問題，小朋友可自由發揮，也可從內文裡找答案寫出短句，只要通順有理就算對。淺字部分是參考，可當它是空白，直接在上面寫下短句。

問：用題目「黠鼠」兩個字各造一詞，並用那詞串句寫題意。

答：黠：慧黠。鼠：老鼠。

一隻慧黠的老鼠。

問：試找出三個字，可以拆字會意的。

答：鼠，這字看起來就像一隻老鼠。

橐：這字可以拆開為石、木、中，就是用石或木挖成中空的容器。

嚙：這字拆開是口和齒，就是用口中的齒去咬東西。

問：用你的話形容故事裡的老鼠。

答：這是一隻用詐死來逃生的老鼠。

換我說故事

請利用短文裡的字造詞、造句，試著將句子拉長，寫出故事大意，這些大意就是你說故事的腳本。（請參考淺字部分）

例一、鼠＼老鼠＼別小看老鼠，牠的頭雖小，卻會裝死騙人。

例二、措＼措手莫及＼老鼠跑得很快，就算你看到牠在偷吃東西，正要打牠，牠就一溜煙的跑了，令人措手莫及。

例三、嘆＼嘆氣＼被狡滑的老鼠逃跑了，他嘆氣說：「這個小東西真是有點小聰明啊！」

請將前面所造之句組成故事大意，現在，換你來說故事：

蘇子晚上坐在床上看書，突然聽到床底下有奇怪的聲音，他用手拍拍床頭，聲音就停了，過一會又有怪聲音，他又拍拍床頭，如此反覆，他最後叫書僮拿燭火來照床底下，找出一個石器，心想聲音從裡面出來的，老鼠應該跑不了，那知翻開一看是一隻不動的死老鼠，正在奇怪老鼠剛才還在叫，怎麼突然就死了，當他們把老鼠從石器裡倒出來時，老鼠卻立刻敏捷的跑了。

金世成

金世成是長山長大的人，向來行爲不良，忽然有一天決定出家帶領信徒，他的行爲和濟公類似，瘋瘋癲癲，把不乾淨的食物當作美味，眼前有大便也趴下去吃，自稱是佛，百病不侵。

有一些不用腦袋瓜的人都當他是有特異功能的人，拜金世成爲師而行弟子禮的人很多，

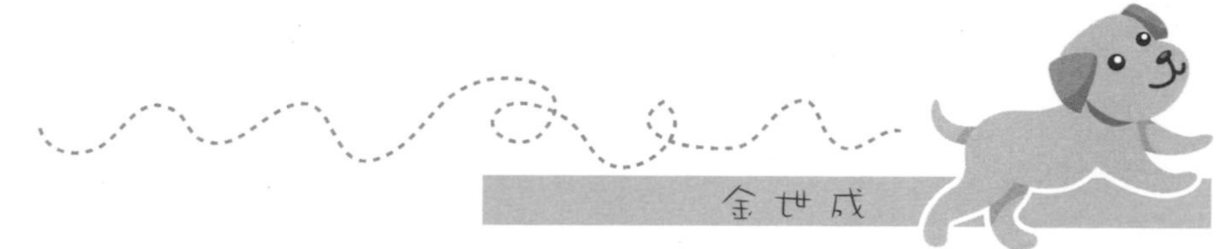

就算金世成叫弟子吃大便，也沒人違抗。若金世成要蓋廟開道場，花費許多資材，捐錢出力的人也毫不吝嗇。

有一個地方官很討厭金世成的怪力亂神迷惑群眾，把他捉來痛打一頓，還要他去修廟勞動。金世成的信徒奔相走告：「我們的佛有難了。」集資要去救他，不滿一年就替金世成蓋好宮廟，捐錢的速度比酷吏催繳得來的稅金還快。

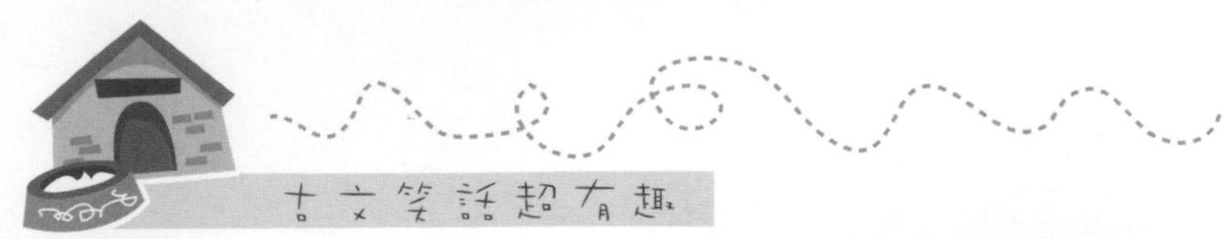

生活體驗營

小朋友可參考下列題目的角度或自己從故事裡面找幾個焦點，看一看、想一想、演一演，體驗一下不同的情境，讓頭腦觸電發光。

■ 小朋友你知道有哪些修路造橋的義工善行？他們為什麼願意出錢、出力？

____

____

____

■ 小朋友如果你在學校犯錯受處罰，你想哪一種處罰方式對大家比較有幫助？

____

____

____

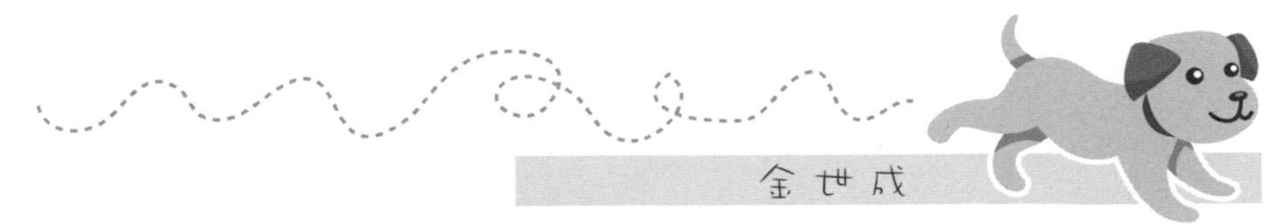

塗丫故事園

讀了這個小故事，要請小朋友嘗試把故事畫出來。小朋友可以嘗試利用各種材料如樹葉、碎布、剪紙等來構成畫面，愛怎麼畫就怎麼畫，不必畫得像、也不必畫得精細，只要能重說一次故事，就是最有意思的畫。

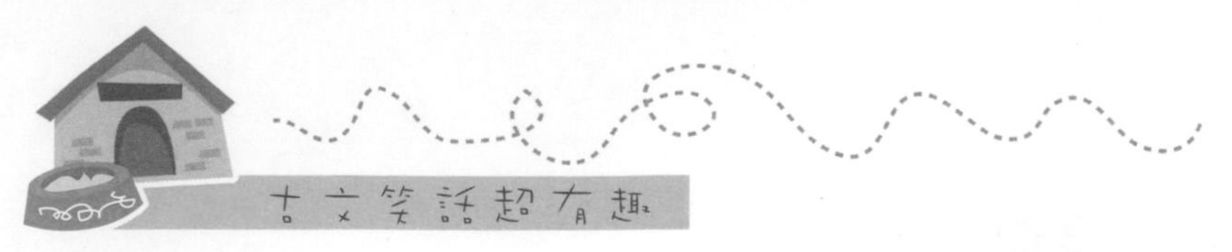

原文欣賞

金世成，長山人，素不檢。忽出家作頭陀。類顛，啖不潔以爲美。遺穢於前，輒伏啖之。自號爲佛。

愚民婦異其所爲，執弟子禮者以萬千計。金訶使食屎，無敢違者。創殿閣，所費不貲，人咸輸之。

邑令南公惡其怪，執而笞之，使修聖廟。門人競相告曰：「佛遭難。」爭募救之，宮殿旬月而成，其金錢之集，尤捷於酷吏之追呼也。

【蒲松齡】

文字妙迷宮

仔細觀察左右兩邊的文字，有何相似關聯的地方？

並用→把相關的字連起來。

不ㄅㄨˋ 潔ㄐㄧㄝˊ → 食ㄕˊ 屎ㄕˇ

遺ㄧˊ 穢ㄏㄨㄟˋ

廟ㄇㄧㄠˋ 類ㄌㄟˋ 巔ㄉㄧㄢ

不ㄅㄨˋ 檢ㄐㄧㄢˇ 宮ㄍㄨㄥ 殿ㄉㄧㄢˋ

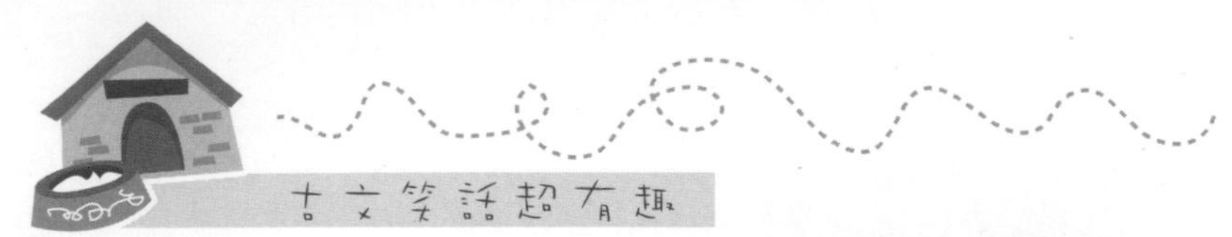

語文小廚房

下面的問題，小朋友可自由發揮，也可從內文裡找答案寫出短句，只要通順有理就算對。淺字部分是參考，可當它是空白，直接在上面寫下短句。

問：為何有一群人崇拜金世成？

答：他敢做別人不敢做的事，吃屎都不怕，已經不是正常人了，有些民衆就相信這一套。

問：從那些行為可以看出民衆的迷信？

答：金訶使食屎，無敢違者。
創殿閣，人咸輸之。
金世成遭難，爭募救之。

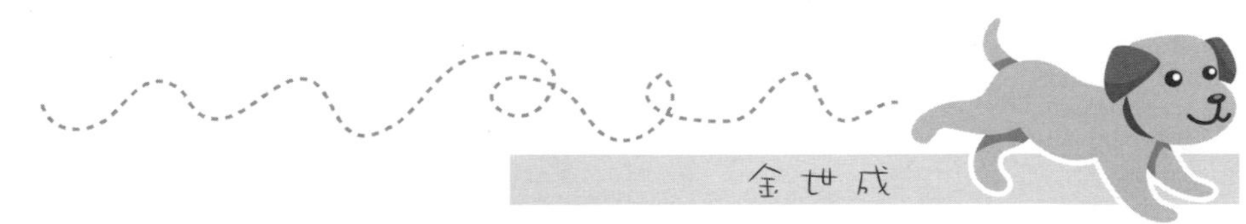

換我說故事

請利用短文裡的字造詞、造句，試著將句子拉長，寫出故事大意，這些大意就是你說故事的腳本。（請參考淺字部分）

例一、金＼金錢＼崇拜金世成的人，聽說金世成被捉了，都急著去募集金錢來解圍。

例二、屎＼狗屎不通＼他說的那套狗屎不通，可是偏偏有人相信，真是讓人生氣。

例三、怪＼怪異＼愈怪異的人愈受注意，因為怪異引人好奇，有些人被騙了還不知道。

請將前面所造之句組成故事大意，現在，換你來說故事：

　　金世成行為怪異，卻得到許多信衆擁護，好不容易有一位官人敢整頓，把他捉來修理，想不到信衆還奔相走告設法搭救他，用信仰的力量募得的款，速度竟比官吏催稅還快。

No.29

口鼻眼眉爭辯

嘴巴和鼻子爭誰比較重要，嘴巴說：「我能談古論今說人是非，你怎麼能在我上方？」鼻子說：「吃東西若沒有我，就辨不出味道來，我是很重要的。」這時眼睛插嘴說：「我能看近看遠，近能把細微的東西瞧清楚，遠到天邊的東西，也是我最先看到。」

眼睛說完，對著眉毛說：「你憑什麼站在我上方？」眉毛說：「我雖然沒有什麼功能，就如客人對主人未必有好處，但有主人沒客人就不須要禮儀，有眼睛沒眉毛也不像一張臉，如果沒有眉毛，還能看嗎？」

古今是非

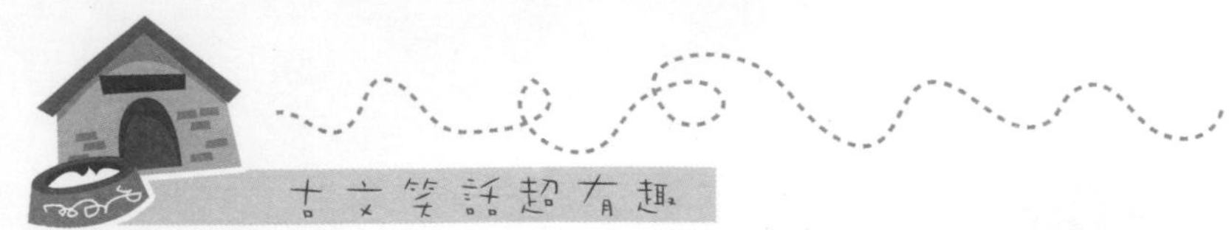

生活體驗營

小朋友可參考下列題目的角度或自己從故事裡面找幾個焦點，看一看、想一想、演一演，體驗一下不同的情境，讓頭腦觸電發光。

■ 小朋友請試著畫一張人臉，五官未必要合理，高興就好。

■ 畫家畢卡索的畫不乏五官錯置的，請小朋友試著以另外一種角度來欣賞。

塗丫故事園

讀了這個小故事，要請小朋友嘗試把故事畫出來。小朋友可以嘗試利用各種材料如樹葉、碎布、剪紙等來構成畫面，愛怎麼畫就怎麼畫，不必畫得像、也不必畫得精細，只要能重說一次故事，就是最有意思的畫。

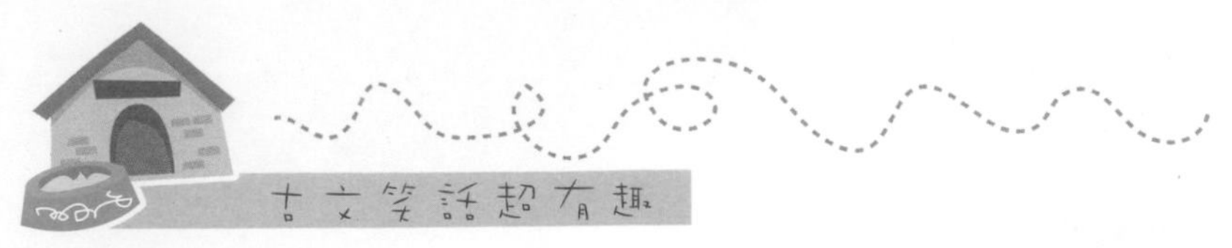

原文欣賞

口與鼻爭高下。口曰：「我談古今是非，爾何能居我上？」鼻曰：「飲食非我不能辨。」眼謂鼻曰：「我近鑒毫端，遠察天際，惟我當先。」

又謂眉曰：「爾有何功居我上？」眉曰：「我雖無用，亦如世有賓客，何益主人？無即不成禮儀。若無眉，成何面目？」

【唐語林】

文字妙迷宮

仔細觀察左右兩邊的文字，有何相似關聯的地方？

並用→把相關的字連起來。

口ㄎㄡˇ	鑑ㄐㄧㄢˋ毫ㄏㄠˊ端ㄉㄨㄢ
眼ㄧㄢˇ	成ㄔㄥˊ禮ㄌㄧˇ儀ㄧˊ
鼻ㄅㄧˊ	談ㄊㄢˊ是ㄕˋ非ㄈㄟ
眉ㄇㄟˊ	辨ㄅㄧㄢˋ飲ㄧㄣˇ食ㄕˊ

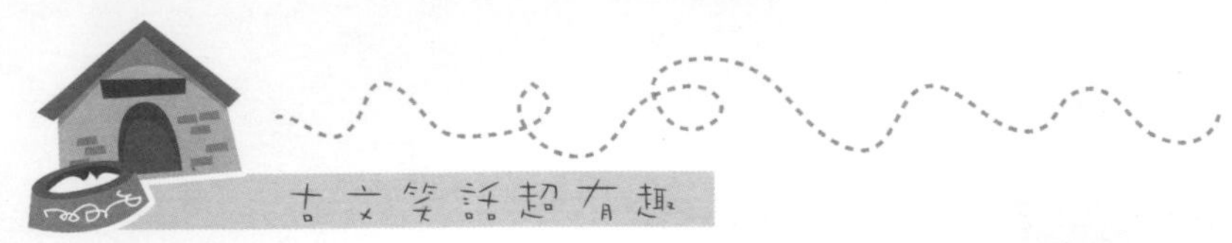

語文小廚房

下面的問題，小朋友可自由發揮，也可從內文裡找答案寫出短句，只要通順有理就算對。淺字部分是參考，可當它是空白，直接在上面寫下短句。

問：分別找出與口、鼻、眼、眉的功能有關的形容詞。

答：口：談古今是非。

鼻：辨飲食。

眼：鑒毫端、察天際。

眉：成面目。

問：這一場爭辯是由誰開始的？是不是開始的那個角色有較多的功能？

答：由口開始的。未必是，多嘴有時會惹麻煩。

問：用口、鼻、眼、眉各造一詞。

答：口不擇言、鼻息相通、眼高手低、眉來眼去。

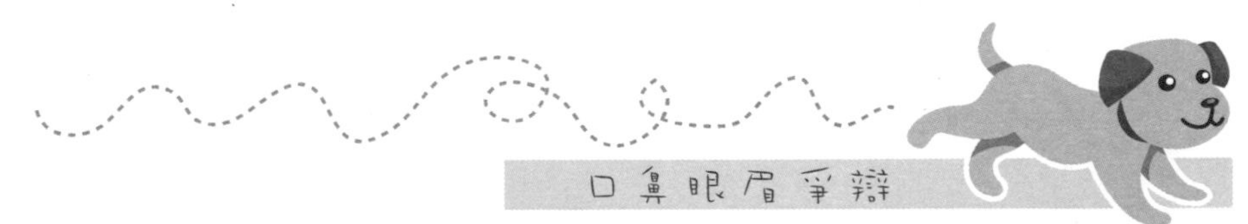

換我說故事

請利用短文裡的字造詞、造句，試著將句子拉長，寫出故事大意，這些大意就是你說故事的腳本。（請參考淺字部分）

例一、口＼口口聲聲＼他口口聲聲說自己了不起，從來不把別人放在眼裡，真是太不客氣了。

例二、眼＼眼觀四方＼若不是他眼觀四方，小心注意著前方路況，這一車子的人那能安全抵達目的地？

例三、眉＼眉來眼去＼他們靠著眉來眼去傳達訊息，不必說話就知道要做什麼，原來，眉毛有增加表情的功能。

請將前面所造之句組成故事大意，現在，換你來說故事：

一張臉的五官在爭高下，口說他能談古今是非，是最厲害的，鼻子怎麼可以在他上方？鼻子說他能辨別食物滋味，照顧人的生存，當然是不可缺的，眼睛又憑什麼在他上方？眼睛說他可以眼觀四方、看遠看近，是最重要的，眉毛什麼都不會，怎麼在最上方？眉毛說一張臉如果沒有眉毛成何模樣？眉毛雖然什麼都不會，但少了眉毛是何等奇怪？

日喻

有一個天生看不見的人，從來不知太陽是什麼樣子，他問有眼的人太陽長什麼模樣？明眼人告訴他：「太陽的形狀像一個大銅盤。」這位瞎子就拿銅盤來摸摸看，他摸著銅盤並扣出了聲音。

有一天這瞎子聽到鐘聲，便以爲那就是太陽。有人告訴他：「太陽有光，那光像蠟燭。」瞎子又拿蠟燭摸個透徹，改天拿到一隻笛子，他覺得笛子的形狀和蠟燭一樣，他又以爲太陽像笛子。

太陽、鐘和笛子相差很遠，瞎子無法辨識，都因不曾看到，才求教於人。

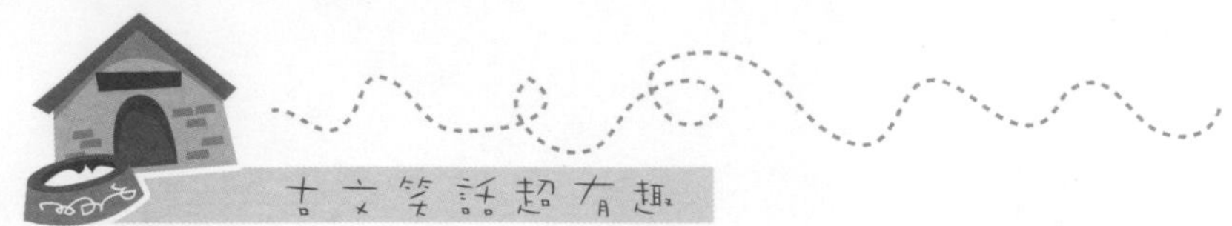

生活體驗營

小朋友可參考下列題目的角度或自己從故事裡面找幾個焦點，看一看、想一想、演一演，體驗一下不同的情境，讓頭腦觸電發光。

■ 請問小朋友肉眼可以直視太陽嗎？

____

____

____

■ 如果有機會觀察日蝕，請問有幾種方法？

____

____

____

____

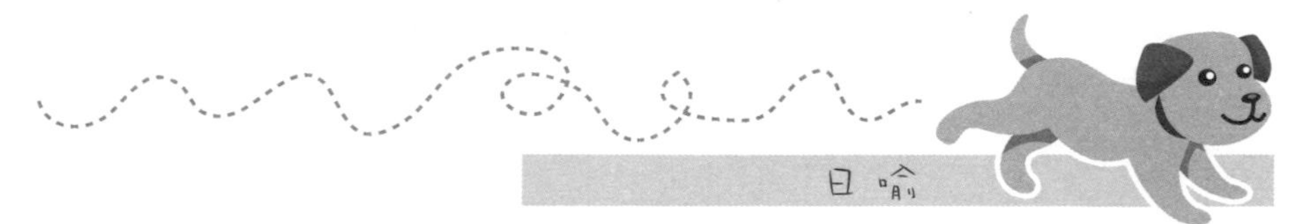

塗丫故事園

讀了這個小故事，要請小朋友嘗試把故事畫出來。小朋友可以嘗試利用各種材料如樹葉、碎布、剪紙等來構成畫面，愛怎麼畫就怎麼畫，不必畫得像、也不必畫得精細，只要能重說一次故事，就是最有意思的畫。

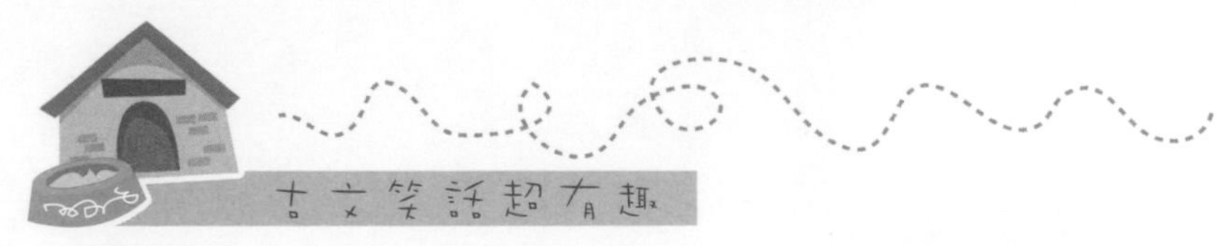

原文欣賞

生而眇者不識日，問之有目者。或告之曰：「日之狀如銅盤。」

扣盤而得其聲。

他日聞鐘，以爲日也。或告之曰：「日之光如燭。」捫燭而得其形。他日揣籥，以爲日也。

日之與鐘、籥亦遠矣，而眇者不知其異，以其未嘗見而求之人也。

【經進東坡文集事略·日喻】

文字妙迷宮

仔細觀察左右兩邊的文字，有何相似關聯的地方？

並用→把相關的字連起來。

關於視覺

關於太陽

關於觸覺

眇者

捫

見

扣

日

光

揣

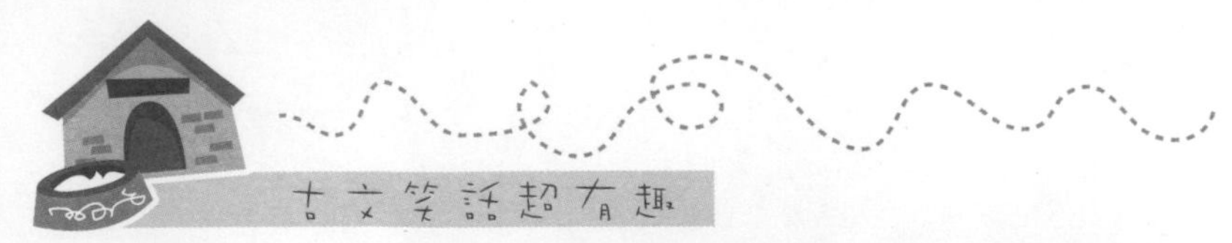

語文小廚房

下面的問題，小朋友可自由發揮，也可從內文裡找答案寫出短句，只要通順有理就算對。淺字部分是參考，可當它是空白，直接在上面寫下短句。

問：假如有一個盲人問你：「太陽是什麼？」你會如何回答？

答：我會說：「太陽是一種離我們很遠的星球，他的光和熱是我們不可缺少的生存條件。別說你看不到，我們也看不到太陽。」

問：找出文中和手的觸覺有關的字，至少三個。

答：扣：就是用手去敲。

揣：就是用手抓。

捫：就是用手攬。

換我說故事

請利用短文裡的字造詞、造句，試著將句子拉長，寫出故事大意，這些大意就是你說故事的腳本。（請參考淺字部分）

例一、狀＼形狀＼太陽是沒有形狀的，那個盲人卻想從形狀去理解。

例二、扣＼扣出聲音＼盲人用手扣了銅盤，聽到像鐘一樣的聲音。

例三、遠＼相差太遠＼盲人想了解太陽是什麼，問了幾個人都說得不清楚，結果和事實相差太遠。

請將前面所造之句組成故事大意，現在，換你來說故事：

有一位瞎眼的人不知道太陽是什麼樣子，他就問明眼人，明眼人先用銅盤來比喻太陽的形狀，但瞎眼人以為太陽像銅盤一樣會發出鐘響的聲音；明眼人又打了一個比喻說太陽像蠟燭那樣會發出放射性的光，瞎子又以為太陽的形狀就像蠟燭。於是瞎子摸到和蠟燭形狀相似的短笛，就以為太陽也像短笛。

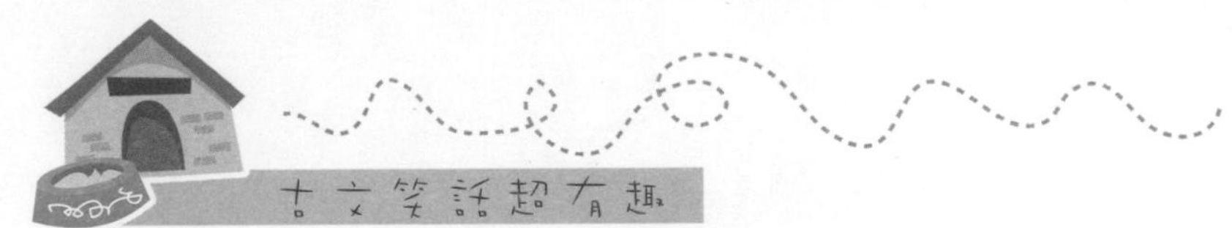

推動古文經典的團體有哪些呢？

近十年來，讀經、唱詩、欣賞古文的復古之風吹遍全球各地華人社會，各級學校也有家長志願帶領讀經班，以下提一些推廣單位的聯絡電話和網站給大家參考。

■ **華山書院讀經推廣中心**

電話：(02)2949-6834、29496394

傳真：(02)2944-9589

■ **台北縣讀經學會**

電話：(02)26812657

■ **福智文教基金會**

電話：台北(02)25452546　台中(04)23261600

網址：www.bwmc.org.tw

除了以上的單位，以下的單位也會有不定期的兒童讀經班開課，但由於很多屬於班級經營，課程經常會隨著孩子的畢業而中斷，招生資訊也多半是以社區小朋友為對象，通常並不對外公開，有興趣的家長或朋友要努力打聽一下才會知道喔！

- 各地孔廟。
- 各小學愛心家長帶領的晨間讀經班。
- 坊間一些安親班，也有的會附設兒童讀經班。
- 一些佛教的精舍，也會開辦讀經班，不只讀佛經，也讀四書五經。

嬉遊記 成長筆記

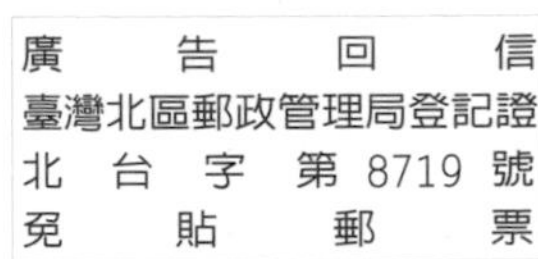

106-□□
台北市新生南路三段88號5樓之6

揚智文化事業股份有限公司　收

□□□-□□
地址：　　市縣　　鄉鎮市區　　路街　段　巷　弄　號　樓
姓名：

書號 L8302　　書名 古文笑話超有趣

葉子出版股份有限公司

讀・者・回・函

感謝您購買本公司出版的書籍。
爲了更接近讀者的想法，出版您想閱讀的書籍，在此需要勞駕您詳細爲我們塡寫回函，您的一份心力，將使我們更加努力！！

1.姓名：___________

2.性別：□男 □女

3.生日／年齡：西元______ 年_____月 _____ 日____歲

4.教育程度：□高中職以下 □專科及大學 □碩士 □博士以上

5.職業別：□學生□服務業□軍警□公教□資訊□傳播□金融□貿易
□製造生產□家管□其他__________

6.購書方式／地點名稱：□書店_____□量販店_____□網路_____□郵購_____
□書展_______□其他____

7.如何得知此出版訊息：□媒體_____□書訊_____□書店_____□其他_____

8.購買原因：□喜歡作者□對書籍內容感興趣□生活或工作需要□其他

9.書籍編排：□專業水準□賞心悅目□設計普通□有待加強

10.書籍封面：□非常出色□平凡普通□毫不起眼

11. E－mail：________________________________

12喜歡哪一類型的書籍：____________________________

13.月收入：□兩萬到三萬□三到四萬□四到五萬□五萬以上□十萬以上

14.您認為本書定價：□過高□適當□便宜

15.希望本公司出版哪方面的書籍：________________________

16.本公司企劃的書籍分類裡，有哪些書系是您感到興趣的？
□忘憂草（身心靈）□愛麗絲（流行時尚）□紫薇（愛情）□三色堇（財經）
□ 銀杏（健康）□風信子（旅遊文學）□向日葵（青少年）

17.您的寶貴意見：

____

☆塡寫完畢後，可直接寄回（免貼郵票）。
我們將不定期寄發新書資訊，並優先通知您
其他優惠活動，再次感謝您！！

以讀者爲其根本

用生活來做支撐

葉

引發思考或功用

獲取效益或趣味